中国好小说

作家系列

Marvelous
Chinese
Works

1938 年的鱼

颜士富

著

上海故事会文化传媒有限公司

上海文艺出版社

序 | Preface

顾建新

江苏作家颜士富，是个很努力的青年作者，他的小说有自己的特色。首先，他的创作方向是很正确的：关注普通大众的生存状态，为他们鼓与呼。写普通人，易于引起最广大读者的共鸣。因为写他们身边的事，就让人感到真实，感到亲切，读者就爱看，看了就有感悟。现在，一些作者热衷于"故事新编"，搞"时空穿越"，偶尔为之可以，但把它作为毕生的创作方向则不妥。还是要从空中落到大地上，回到现实生活中来。

其次，写现实生活的题材不易。天马行空的故事，凭空编造，容易吸引人。现实生活本无波澜，因此容易陷入平淡。写凡人琐事，就更需要在艺术上下一番功夫。

士富的小说，写人可说是多姿多彩。这里，有用对比法刻画人物。黑格尔很早就提出，对比是突显人物性格的最好方式。《老甄和老贾》，写了两个人物，一个是靠送礼物、走后门往上爬的

"老贾"，一个是靠自己踏实努力的"老甄"。结果，老贾因送礼栽了大跟头。两个人物，两种做法，两种人性，两种结局。小说用活生生的故事，给我们以深刻的警策，其内涵和意义，已经远远超过了小说本身。《偶像》则写得更含蓄。小说明写的是借钱不还的无赖同学，实际，通过暗写更成功地塑造了妻子的形象。对老同学的一再赖账，妻子多从对方的困难考虑，表现出宽容和大度。这个形象，在以往的小说中不多见，因此给我们留下了极深的印象。试想，如果这篇小说只是一味地批评那个"同学"，而没有妻子的衬托，让人咀嚼的韵味会少很多！

戏谑性的"黑色幽默"对刻画人物有积极的意义。如《裁缝》一篇，写一个无赖会计对少妇动手动脚，挨了一顿狠揍。小说的结尾很巧妙，不是写他的下场如何，而是，从这以后，人们不再叫他的真名"薛二"，而改称"裁缝"——他被牢牢钉在了耻辱柱上了。

运用快板、楹联来刻画人物形象，也是一个好办法。最早可以追溯到赵树理的《李有才板话》，作者无疑从中受到了启发。这种方式，让读者感到新鲜。《村主任》写村主任卖粮、卖猪、建校舍，忍辱负重，吃了许多苦。到了年终评议会，他用快板的形式，把其中的腐败全揭露了出来，让人感到淋漓酣畅！《联斋刘》，有异曲同工之妙，写主人公用楹联针砭时弊，让人耳目为之一新。

利用"案中案"——即连环套的方式写人，也收到了奇效。《怪圈》写老朱被牛二骗了钱，反过来又设计狠狠骗了牛二。小说写的"螳螂捕蝉，黄雀在后"的社会现象，不仅让人触目惊心，而且，也成功地刻画出老朱这个更大的骗子的凶狠。

当前，批评式的小说占有很大的比重，褒扬式的小说还比较少。要弘扬中华民族的传统美德，匡正世风，还需要更多正能量的作品。

《给你一张消费卡》写某公司给所有应聘者都发了一张500元的消费卡，刘阿大却一分没有消费，他认为无功不受禄。被聘为地区代理商后，又拒绝了不是本地区能做的50万元的货（实际又是一个考验），终于以诚信获得了成功。

微型小说，在这样短的篇幅里，要刻画出鲜明的人物形象，是一个难点。我以为，最成功的数小说《鬼子》。鬼子其名字就很有深意，他是粮管所的一名职工，克扣农民粮食，却让对方心悦诚服地受盘剥，做得滴水不漏，十分巧妙和高明，令人叹服。

为刻画这个人物，作者用了五个层次：不用扦样器，查农民粮食不扎破农民的袋子，与其他的职工完全不同，因而获得农民好感；农民送他的一元一包的劣质香烟，他也抽——拉近与农民的心理距离；借不能让公家亏损的名义，先行封住农民的嘴；口口声声说"克斤扣两违反政策"——以退为进；开荤玩笑，转移卖粮农民的视线。这样一来，他既扣了农民的粮食分量，又让他们无话可说。年终不仅被评上了先进，还大大赚了一笔。这篇小说的成功给我们两个启示：一是，如果没有亲身的体验，是写不出这么深刻的作品的；二是，多层次、多侧面地刻画人物，才能写出人的复杂性。

当然，士富还年轻，还处于创作的上升期。希望他今后多深入生活，特别是对当前的生活现象，再做深入的思考和开掘，这样，才能写出有深度的、立得住的作品。

我们期待着。

顾建新

中国矿业大学文法学院教授、硕士生导师，原中文系主任。现为江苏省教育厅中文专业指导委员会委员。中国微型小说学会理事，小小说文学沙龙全国副主席。出版《微型小说学》等专著五部，在国内外报刊发表评论两百余篇。

好好说话(代自序) | Preface

颜士富

二老爹去世的时候，我12岁。

那是1977年初冬的早晨，地上铺了一层严霜。

"嘭"的一声，我父亲摔了"老盆"后，二老爹就出殡了。

安葬了二老爹，亲戚都回了，只留几位至亲——两个表叔和一个表兄（分别是二老爹的外甥和外孙）。作陪的有我的几个堂叔，还有一位年长的大爹。

两位表叔德高望重，一位人民教师，一位政府工作人员；二叔虽然务农，也是老三届的；表兄是地地道道的文化人，恢复高考后上的大学。

他们在相互敬酒，甚是热闹；我站在一侧，看得很投入。酒过三巡，至尾声，表兄端起酒杯说，我敬大舅、大表舅、二表舅等诸位一杯酒。

此言一出，二叔不乐意了，他质问表兄，谁是"诸位"？转什么文！

表兄振振有词，我说得没错！

……

争辩愈演愈烈，最后不欢而散。自此互相结怨。

这件事在我幼小的心灵留下阴影，12 岁明白一个道理——好好说话。

其实，"诸位"一词，二叔对它并不陌生，只是当时被"诸位"了，有种受虐的感觉，这就说明表兄说话找错了对象。要做一个斯文的人，讲话仍要选对地方选对人，一种表达方式不是适合所有人。

这件事一直萦绕在我的心头。我想做一个斯文的人。我想好好说话。

于是，开始写作。

写作是很严谨的。受写作的影响，在纸上表达惯了，说话就不是那么随便，往往显得木讷。不该说的，最好不说。

从三岁开始说话，几十年了，一直在学说话。可是，我仍然诚惶诚恐，没有自信把话说好。

文章的语言，就像说话，说给谁听很重要。喜欢诗歌的，你不要和他谈小说，这是风马牛不相及的事。如果你说了，结果会很糟糕，就像表兄说的"诸位"！我想，我的微型小说也不是适合所有人，但是，我在试图让更多的人喜欢，这一直是我努力的目标。

莫言说，小说也好，诗歌也好，戏剧也好，都跟语言联系在一起；没有语言，这个艺术就不存在。我也发表过一个观点，我认为小说之所以不会死亡，就是因为小说是一种独特的审美形式。它的审美形式是以语言为基础的。我们可以反复地去阅读一些经典作品，这里面的情节我们都很熟悉，为什么我们还要去阅读？而且在重读的过程当中依然能够感觉到一种快乐？就是因为它的语言具有魅力。所以我们说中国有很多的小说家，世界上也有很多的小说家，但是能够配得上文学家的桂冠的，寥寥无几。

我是写小说的，而且是微型小说。

开始的时候，我在记录生活。这不能称为小说。

后来，能讲好一个故事了。这也不能称为小说。

再后来，能在故事中制造些曲折。有人说，这个好看。

然而，故事结束了，文章也就结束了。读者一点儿也没有留下什么。

我感觉微型小说不好写。

我知道，故事只是一个载体，曲折是调味剂。

真正写好微型小说，不仅讲究语言的修炼，还要在有限的篇幅里制造波澜，用所谓好的语言，讲好一个故事。好好说话的最高境界是——话里有话，意在话外——

这就是我应该追求的终极目标。

原发 2017 年 10 月 11 日《人民日报》海外版

2018 年第1期《小小说选刊》选载

目录 | Contents

发表于2018年7月14日《人民日报》海外版
2018年第12期《百花园》
2018年第11期《小说选刊》选载

1938年的鱼

　　二奶奶嫁到堆上组的那天，是黄河最后一次改道，浩浩荡荡的洪水从花园口一泻千里，拐了九九八十一道弯后，在新袁的一个村又拐了一个弯，把一路携带的泥沙冲在了岸上，形成了自然泄洪的土堆，后来就有人陆续住到堆上。现在叫堆上组。

　　二奶奶那天是趴在一副门板上漂到堆上的，是二柱爹把她救上了岸。二奶奶长得漂亮，两眼水灵灵的，一双小脚似初三四的月亮……

　　二柱爹一下就喜欢上了二奶奶。

　　后来，二奶奶就嫁给了二柱爹，他俩和堆上组的其他人家一样，以打鱼为生。

　　二柱爹在黄河滩搭了个草棚，在通往成子湖的河道上布了一道罾。扳罾是河罾的一种，要根据罾网的宽窄在河的两岸立四根竹竿，竹竿上拉上地锚，把罾网四角系在竹竿上，起放罾网的这两角系上长绳，通过竹竿上的两只滑轮，两根长绳连到岸边绞车上，转动绞车，绳子收紧，罾网就渐渐从水底被拉出水面，鱼就在网里了。

二柱爹和二奶奶昼夜守候着罾，自二奶奶有了身孕，她晚上就不住在棚子里了，但一日三餐都是二奶奶送过去的。

是夜，一轮明月高悬树梢，把一抹银辉撒向河面。水缓缓地向南流淌，忽然河面泛起一个水花，接着"哗"的一声响，一个鱼鳍露出水面，把银色的水面犁出一道白花花的沟。二柱爹眼都看直了，这条鱼足足有扁担长。二柱爹的脸上掠过一丝喜悦。忽然，鱼掉转方向，向罾的反方向游去。

过去的罾网都是用麻绳结成的，还要用猪血浸煮，浸煮过猪血的罾网离水快，不腐烂。猪血浸煮加上八卦网底，无形中就让这种渔具增添了神秘感。二柱爹看着渐渐游远的鱼，心里不禁暗暗嘀咕：难道真的是鱼过千层网，不过一道罾吗？但二柱爹坚信，只要想去成子湖，这里是必经之地。二柱爹决定，让二奶奶不再回家，轮流值夜，和这条鱼较上了劲。

其实要过这条河的是一群鱼，它们要去成子湖产卵。那条鱼是打前锋的。

又是一个夜晚，二柱爹在外面守候两个时辰了，回到草棚想歇会儿。二柱爹在二奶奶的身旁躺下，身体向下弓着，耳朵紧贴着二奶奶的腹部。啊，这小东西动了。

你说这娃将来做什么啊？

要是儿子，就跟你一样，打鱼呗。

要是丫头片子呢？

那就随我，织网。

嗯。

哗，外面传来水声，二柱爹一骨碌从床上爬起，冲向河边，只见河面漾开很大一片波，看势不是一条鱼。二柱爹凝视着罾，和鱼慢慢耗着。

河面回归平静，二柱爹又返回草棚。

哎，你说奇怪吧，二奶奶说，刚刚有一条大鱼托梦给我呢，让我们网开一面，让它们去成子湖繁衍后代，如果不的话，将鱼死网破。

鱼哪能托梦呢，不要信这个。二柱爹说。

二奶奶接着说，好大好大的一条鱼啊，张着碗口那么大的嘴，还说，它们跟我一样，都是怀着孩子的母亲呢。

二柱爹把二奶奶拥进怀里，说，应该是发财的机会来了，哪能考虑得那么多。

你说鱼现在怀着崽，二奶奶向二柱爹的怀里钻了钻，又说，就像我现在怀着孩子一个样吗？想想真可怜。

我们渔民没有土地，也没有其他收入，就是靠捕鱼为生，有鱼群过，这是多年不遇的机会。二柱爹说到这里有些得意。

时令已是暮春。二柱爹整整守了一个春上。鱼群一直在罾的不远处徘徊。

又是一个夜晚，愈静，各种昆虫鸣得愈欢。

哗——水声又起。看来鱼要闯罾了。

二柱爹披衣走出草棚，手握绞柄，等待鱼进网。

一尾、两尾、三尾……终于进网了，二柱爹扳起绞柄，网渐渐收缩，越扳越有些吃力，在网欲露出水面时，二柱爹简直乐坏了，那么多鱼呀，活蹦乱跳的，再往上收网二柱爹有点力不从心了。

老婆子，快来搭把手。

哎，好的。二奶奶听到二柱爹的求援，从草棚里出来，使劲地帮着摁扳柄。

鱼在网里跳，其实是在绝望中挣扎，就在这时，一条巨鱼冲出水面，直奔罾网而来，这股劲如旋风，只听咔咔脆响，罾网断裂，鱼全部落入水底，继而向成子湖方向游去。

二奶奶由于用力过猛，一下失重，人向后猛摔过去，顿时昏迷不醒。二柱爹顾不了鱼事了，忙将二奶奶抱进草棚，约一个时辰，二奶奶醒了过来，直喊腰疼，接着裤脚有鲜血洇出……

后来，二柱爹求了几位郎中，终于保住了二奶奶的胎位。再后来，二奶奶生下一个男孩，取名小柱子，应了二奶奶的话，长大后随了他爹，也以捕鱼为生。新中国成立后，兴修水利，洪水不再泛滥，废黄河成了堆上人家的钱袋子，有日出斗金的说法。

　　二奶奶今年九十有六，这些都是她亲口告诉我的。她还说，后来啊，我们意识到，不能赶尽杀绝，咱子孙还得靠逮鱼生活呢，堆上组就定下了一个规矩，仲春至夏至为禁捕期。巧合的是，国家在同年颁布了《水产资源繁殖保护条例》。

一曲高亢的和谐之歌
——评小说《1938年的鱼》

顾建新

和谐，是人类社会追求的最高境界，是多少代多少人的衷心期盼。历史上许多人，为之不懈奋斗。它也是今天我们社会主义核心价值观的重要内容之一。

《1938年的鱼》，就是这样一篇有广博而深重内蕴的小说，它宣扬的是人与大自然、与动物的和谐。小说沿用的是"我爷爷和我奶奶……"的叙事模式，以黄河边捕鱼人的生活为视点，运用类似电影镜头的表现手法，在我们面前展现了一幅有声有色的生活画卷。

先看作者所选的地域：在黄河边的"堆上组"。这是个无人看管的地方，不自觉的人可以肆无忌惮，有道德的人则能自我约束。小说开端表面上看风平浪静，实际，潜藏着汹涌的激流：展示着两种人性、两种生活理念的争斗。

再看作者所选的道具罾网，也是精心构制。作者对黄河岸边的生活非常熟悉，对当地老百姓的渔业也非常熟悉，所以才能把二柱爹起放罾网的细节写得那样生动而有情致，让人历历在目，读之心驰神往。特别是这个罾网并不一般，而是别有深意：这里，有鱼的无奈和挣扎，有二柱爹的贪婪愚昧无知，有二奶奶的善良和觉悟。这些复杂的内容，都包容在这一张渔网中了。这里，再一次昭示我们：道具的选择，对微型小说创作，有着何等重要的意义。

第三，小说的细节颇值玩味：二奶奶因为捕鱼，动了胎气，未出生的孩子险些夭折。这里，不是宣扬"遭天报应"的迷信，一方面在艺术上，是有意制造的波澜，使行文跌宕起伏、错落有致，逐步推向了高潮；另一方面，也揭示了一旦破坏了这种和谐，破坏了生态平衡，遭受损失的，首先是人类本身。最终，二奶奶从中悟出了道理：动物与人都是相通的，于是，放那些产卵的鱼去过它们自己的快乐生活。小说由悲剧起，以喜剧终，在欢快的气氛中，使讴歌和谐的主题得到最充分的张扬，给读者以情感激励。

小说有两条线索：明线是把人性与水生动物性进行对比，讴歌人与自然的和谐共生，体现了理想之美。同时，又有一条暗线，这就是题目的寓意。

小说的标题为什么特别突出1938年？因为，这一年，正是国民党炸开了花园口大堤，给百姓带来深重的苦难。二奶奶趴在门板上逃生，就是真实的写照。而新中国成立后，共产党带领人民治水，建造了幸福的家园。小说深情地讴歌了我们的党，表明，只有共产党，才能领导人民过上好日子。

给你一张消费卡

这是一个真实的故事。

故事的主人翁刘阿大是我的同学。

刘阿大中学毕业后，在社会上闯荡了多年，但日子仍过得紧紧巴巴的。

后来，他发了财，现在已经是小有名气的富翁了。

刘阿大的发迹，是从获得一家产品的代理权开始的。

下面就是他的故事了。

当刘阿大得知某厂家要在N地区招独家代理商时，他报了名。报名处设在M市的五星级大酒店。让他没有想到的是，凡来报名的不但不收取报名费，相反还会获得这家五星级大酒店的客房钥匙，并赠有一张面额500元的消费卡。

服务生把他领到房间时，向他解释说："这里的服务应有尽有，先生需要什么尽管吩咐。有一点必须提醒：你们的老板只提供500元的消费限额，超出部分自理。老板还说，让你们玩儿好，休息好，明天在会议室进行公开竞聘。祝您好运，晚安！"

服务生走后，刘阿大在卫生间刚冲完澡，床头的电话"丁零零"地响了起来，刘阿大拿起听筒——

"先生您好，我是足疗部的，足疗是一种新型的保健疗法……"

"谢谢！"刘阿大挂断了电话。

"丁零零……"

电话又响了起来，刘阿大拿起听筒——

"您好先生，您需要推拿吗？推拿可以消除您一天的疲劳……"

"谢谢！"刘阿大又挂断了电话。

"丁零零……"

刘阿大拿起听筒——

"先生，您好！"一个娇滴滴的声音。

"请问有事儿吗？"

"陪您聊天啊，这是一种心理疗法，可以消除您心中的烦恼……"

"谢谢！"刘阿大挂了电话。

刘阿大为了不再接这类电话，索性把听筒挂了起来。

"咚咚。"

"请进。"

"帅哥，您好。"随着一声问候，一位亭亭玉立、性感十足的少女走进了房间。还没等刘阿大缓过神儿来，靓妹就半侧半卧在他的身边。

"不不……"刘阿大立刻站了起来，大声说，"请你快出去！"

"哥哥，我知道老板为您支付了500元消费卡，就让我挣一点儿吧，哥哥，保你舒服的。"

"不行，我不是那种人，请你快出去。再不走我可要报警啦！"

刘阿大的话音一落，靓妹唰地站了起来，头轻轻一甩，不屑地说："走，妹妹现在就走，你会后悔的，过了这个村就没这个店了……"

夜，终于安静下来。

次日，会议室应聘者济济一堂。

"朋友们！"主持人说，"首先感谢你们对本公司的信任。下面请朋友们配合做一件你能做到的事：办理退卡手续。说明一点，有点儿对不住朋友们，请理解，卡值是零元，我们公司承担了住宿费，小费自理。好，朋友们，请退完卡后继续到会议室来。"

应聘者纷纷办理了退卡手续，又回到了会议室。

"谢谢朋友们的配合！这次应聘已近尾声了……"

当主持人说到此，应聘者面面相觑，议论纷纷——

"还没有开始嘛，怎么就尾声了呢？"

"应聘的内容是什么啊？"

"请朋友们少安毋躁。"主持人继续讲，"其实我们的试卷昨晚就发给朋友们了，那张试卷就是你们刚刚交上去的消费卡，答案都在上面。相信朋友们明白这个道理，你们今天来此的目的只有一个——应聘，而享受跟你们无关。在这物欲横流、五彩缤纷的世界，能够抵挡得住各种诱惑需要勇气，能达到坐怀不乱，那又是一种境界了，只有达到这种境界才能成就你的事业！下面请零消费的朋友走到台上来。"

刘阿大站了起来，向周围的朋友们鞠了个躬，阔步走到台上。

主持人紧紧握住刘阿大的手说："祝贺你，请你和朋友们分享一下成功的喜悦。"

"谢谢！谢谢朋友们！"刘阿大说，"此时此刻，我的感触很多，我想，花别人的钱潇洒，心有不安，天下没有免费的午餐……"

最后主持人向刘阿大交代说，你现在已经获得了N地区的独家代理权，这是公司给你配的手机和电脑，手机的号码将在媒体上公开，接受社会和同仁的监督，试用期三个月，相信你能走过这一关。刘阿大回来后，立即展开了工作。一天，他接到一个电话，对方称一次要50万元货，当刘阿大问清对方的所属地时，委婉地说："朋友，您所在的地区不在我的服务范围，现在我告诉您所在地区的经销商号码，请您与他联系。这样您会省去好多不必要的花费。谢谢您对我们产品的信任，对公司的支持，再见！"

原来，这次电话是公司对刘阿大的又一次测试。刘阿大再次过了关，最终真正成为该公司的代理商。

这就是刘阿大的故事。

一次，我们同学聚会，我对刘阿大说："人们常说奸商、奸商，无商不奸，你怎么看这个问题？"

"无商不奸？"刘阿大说，"这是商人的耻辱，其实，真正的商人应该遵循一个游戏规则——诚信。这是商魂。"

模式和创新
——评小说《给你一张消费卡》

雪弟

惠州学院小小说研究中心主任。系《小小说时代》《岭南小小说》《活字纪》主编。曾获第六届小小说金麻雀奖。

主要从素质、素养而非能力来考验员工，已成为某些行业题材微型小说创作的一种结构模式。如著名的"关水龙头"情节。从这个意义上说，颜士富的《给你一张消费卡》仍存有模式化写作的嫌疑。但评判作品的好坏显然不能如此机械，关键要看此种模式下它有没有创新的努力和实践。毫无疑问，《给你一张消费卡》至少在两个方面有创新之处：

一是考验员工的具体内容别出心裁。

随着时代的变化，著名的"关水龙头"等情节肯定已是明日黄花。如何提炼、设置别出心裁的考验内容，成为考验作家处理此类素材的关键。那么，什么样的考验内容能称得上别出心裁呢？答案显然不是固定的，但它肯定离不开一个根本性的东西，那就是时代性。我认为，《给你一张消费卡》的成功之处，就是紧紧抓住了时代性，然后去提炼、设置考验内容。无论是足疗、推拿、陪聊，还是直接的"上门服务"，都具有明显的时代特点。作者把这些作为考验的内容，是以往同类题材中很少涉及的，它非常新颖又精准地捕捉到了时代在人们内心的投影，反映了当下人们面临的诸种诱惑。另外，作为另一项考验内容的"跨地域购货"，时代特点也非常明显，它进一步强化了对主人公的素质、素养考验。这样，诚信考验加上涉性考验，就全方位地展示了主人公的精神状态和深层心理，水到渠成地揭示出"商魂"的主题所在。

二是由普遍的第三人称叙述转向第一人称叙述。

此类题材的微型小说写作，由于多是展现人在诸种诱惑面前经受住了考验，也就是说，属于一种正能量的写作，倘若主人公以第一人称的方式出现，那么就多少带有自我炫耀的嫌疑。因此，此种题材的微型小说写作，多是选择第三人称。这样，既便于全面展开叙事，同时又避开了某种可能会带来的叙事风险。但《给你一张消费卡》知难而上，偏偏选择了第一人称叙述。只不过，作者在使用第一人称时，"我"仅仅是作为见证人，而不是主人公出现的。同时，作者还非常巧妙地在第二层级，运用了第三人称。此种叙述的好处，解决了"我"不在场的不足，更为重要的，它增强了作品的真实感，让读者相信"这是一个真实的故事"。

这篇作品的不足，是主题的表达直接了点。如果不是让主人公，而是换一个人说出"商魂"所在，有可能会好些。

老板·工人·狗

老板是一个拉丝厂的老板，拉丝厂的场地是老板租赁的，并不宽裕，工人就十来名。

工人每天早出晚归，中午在老板家吃工作餐。老板虽然是小老板，对工人不抠，每天中午都是几荤几素，外加两瓶白酒，工人很受感动，干起活来甚是卖力。

除了老板、工人，这里还有一条小土狗，小土狗是老板捡来的。

一日，老板在乡间的小道上看到一条可怜巴巴的小狗，身上脏兮兮的，老板就俯下身子用手抚摸着小狗，小狗摇着可爱的尾巴和老板亲昵，于是，老板就把小狗带回了家。

在老板家，小狗和家人的生活待遇一样。每天，家里做什么饭菜，小狗就吃什么。很快，小狗褪去了身上脏兮兮的毛，显得特精神。

俗话说狗眼看人低，其实小狗是慧眼识人，冲着来厂里谈业务的摇头摆尾，甚是可爱。相反，捡垃圾的就被挡在门外寸步难行。

老板的业务逐渐扩大，先前的场地就显得拥挤，于是，老板又在外面租了仓库，仓库离场地约有1000米，小狗就有了新的任务，晚上到仓库守护，次日天明返回。风雨无阻，甚是敬业。

有了小狗的看护，老板夜里就能睡个安稳觉。

有一次，老板外出多日，小狗依然坚守岗位，仓库安然无恙。

有几个贼知道老板的仓库只有一条小狗在看护，就打起老板仓库的主意。

一天夜晚，几个贼带着撬锁的工具，向仓库走来。

小狗听到不远处有杂乱的脚步声向仓库靠拢，就警觉起来，继而汪汪地吠个不停。

贼无法靠近仓库。

其中一个贼就说，把它干掉。

于是，贼买了些猪头肉下了药扔给小狗。

一股香味钻进了小狗的肺腑。小狗嗅了嗅，一丝黏液从嘴角流了下来。

借着昏暗的灯光，看到小狗要被毒倒，几个贼心里一阵窃喜。

突然，小狗离开了肉，竟没有了食欲。贼失望了。

"真他妈狡猾。"一个贼愤愤地骂。

"有办法了。"另一个贼说。

又是一个夜晚，小狗仍在坚守岗位。又有脚步声向仓库靠拢。

这次，小狗没有叫，因为这是一个熟悉的脚步，小狗摇着尾巴迎了上去。这是拉丝厂的一名工人，工人走近小狗，蹲下身子抚摸着小狗，然后从兜里掏出一包五香牛肉放在了地上，小狗毫不犹豫地吃了起来。

工人看着小狗津津有味地吃着，脸上掠过一丝笑意，用手拍了拍小狗的头走了。

小狗吃了一口牛肉后，头就感觉沉沉的，意识到工人是在下毒，小狗就停下不吃了。

半小时过后，几个贼又向仓库靠拢。

汪汪汪……小狗声嘶力竭地吠着。

贼还是无法靠近仓库。贼彻底地失望了，无可奈何地走了。

天明，小狗踉踉跄跄地走在回厂的路上。

小狗刚进拉丝厂的大门，有一工人就发现小狗走路东倒西歪，便意识到小狗被人下了毒，于是这个工人又叫了一名工人用肥皂水给小狗洗胃。

洗过胃的小狗一天没有进食，晚上继续到仓库守护。

又度过了一个平安夜，天明小狗回到了拉丝厂。

老板出差夜间回来了。

小狗来到了老板的办公室。老板见到了多日不见的小狗，不禁俯下身子和小狗亲热，小狗并无亲热的意思，而是走到办公室的门口，朝着工人干活的方向吠了几声，几声吠倾注了小狗所有的力量，接着泪水唰唰地流了下来，摇了摇尾巴一头栽倒了。

　　小狗死了。小狗用肢体语言告诉老板，工人中出了叛徒。老板却没有理会。

　　一天夜里，仓库被盗了。

　　老板报了警后，突然想到了小狗临终时的情景。于是他把这一情况提供给了民警，很快就破了案，有一工人被抓了起来。

　　后来，老板就在厂门口塑了一个像，这个像就是那条小土狗。

　　像的下面有两个醒目的烫金字——朋友。

大写的世界

——评小说《老板·工人·狗》

陈力娇

陈力娇，女，曾就读于鲁迅文学院和上海复旦大学作家班。黑龙江省萧红文学院签约作家，黑龙江省作家协会全委会委员，中国作家协会会员。在《小说选刊》《小说月报》《北京文学》等文学报刊发表作品300多万字。已出版长篇小说《草本爱情》，中短篇小说集《青花瓷碗》《非常邻里》《平民百姓》，微型小说集《米桥的王国》《赢你一生》《爸爸，我是卡拉》等。作品多次获奖，多次选入各种版本和被选刊转载，部分作品在国外发表。其中《一位普通母亲与大学生儿子的对话》获2005年"全国读者最喜爱的微型小说"奖、获2008年中国新世纪小说风云人物榜·新36星座奖；小小说《败将》荣获第12届全国小小说优秀作品奖、2011年荣获中国"第五届小小说金麻雀奖"、2012年获黑龙江文艺大奖。

由于怜爱，老板捡了一条流浪的狗。狗兢兢业业，为老板的工厂守卫着财产，直至献出生命。这是士富的微型小说《老板·工人·狗》的故事主体。

这个看似简单的故事，却涵盖着多元的主题，呈现了人性的善良、狗的坚贞、工人的团结协作；人心不古，财欲贪心，品性败坏；人与动物的和谐、互爱、体恤和共生等。

士富一向以微型小说见长，对文学的钟爱让他对小说创作一直持不舍的情怀。主办文学期刊的同时，还坚持自己的文学之路，给人鼓励、携领、攀登不止的美好形象。

《老板·工人·狗》这篇小说总共不足 1400 字，表现的层面远远超出了字数的局限。我们不妨从三个角度来诠释。

1.塑造了令人称叹的典型人物

"老板对谁都好，不抠"，导致他看到受难的生命便情从心生。这对普通人来说是司空见惯，但对日理万机的老板来说却是难能可贵。他的爱心时时刻刻蕴藏着温暖的普世。我活得好，别人也要活得好；我过幸福的日子，别人也要过幸福的日子。尽我所能慰藉天下苍生，包括他捡来的动物。

2.异类的坚守和人与动物的和谐统一

老板出差以后，贼们合伙偷盗，狗起了绝地反击的作用。它的路坎坷，由街头流浪到被人宠爱，导致报恩和守卫成为它舍生忘死的奋斗底线。当它被邪恶的人下毒危及生命，却坚持着看家护院，一直等到最爱它的人回来。狗的灵魂得以提升，为人的丑恶做了反衬和铺垫。狗不仅仅是完成了任务，更是完成了爱，它对爱的守护让人类汗颜。曾几何时人类丢失了自己，被异类替代？

3.两股势力的较量，红与黑的对峙

我们的世界从不缺少内奸，欲望和贪念导致人格的重度分裂，丑的一面急剧恶化。狗捍卫公共财产时，人却叛变了。一个工人里应外合，与盗贼同流合污，他骗取了狗的信任，使它放心地吃下有毒的食物。工友们发现后，为狗洗胃灌肠，挽回生命，此时红与黑两条线，在士富的笔下达到了极致。狗活过来后，仍旧履行使命，倾注所有的力量，用肢体语言向老板报告叛徒的所在。一切真相大白后，老板向全世界宣告，它才是真正的朋友。

士富的一千多字，写了这么多内容，完成了微型小说"藏"的特点和技术含量。语言干净，不带草刺。句句有用，抽剥不得。体

现了一个多年从事小说创作的精英一丝不苟的艺术追求，令人感念和称赞，值得深思与借鉴。

偶像

　　季秋，对于我们苏北农村来说，磨山芋粉最赚钱了。妻子很勤劳，不分白天黑夜地做粉，连续作战，偶尔帮工的我也累得疲惫不堪。妻子看着心疼，不断催我去休息一会儿。我拗不过，躺在蒲席上就进入了梦乡……

　　在甜甜的睡梦中，忽然有人用脚轻轻地踹了我一下。我睁开惺忪睡眼，只见妻子笑着用沾满山芋渣的手向堂屋指了指，说："来人了，你的同学。"

　　顺着妻子的手望去，我的心不禁咯噔一下。她，一朵久开不败的校花，阔别十余年了，现在看上去仍如芙蓉出水，风韵犹存……

　　"哎，颜老板，在外风流偶傥，在家模范丈夫啊！"她笑着走出堂屋。

"你看你，"妻子埋怨道，"客人到家了，你还愣着干什么？"

被妻子这么一说，我方回过神来，赶忙从蒲席上爬起来迎过去，嘴里连说："久违了，久违了，还是不减当年啊！今日光临，蓬荜生辉啊！"

一阵寒暄过后，把她让进堂屋。落座后，妻子倒了杯水给她，说："你们唠唠，我还忙活。"

想当年，她在校时对我的学习，不，何止我一个呢，所有的男生，简直是一种鞭策。毕业后，剃头担子——一头热的男人有一个团。她摆脱了农村这帮穷小子们，一头钻进了县城，最后被一个在一家国有企业吃皇粮但长相却对不起观众的小家伙俘虏了。这些消息是我从另一个同学那里获得的。

失去了她，我曾失魂落魄过。曾经暗恋过的人现在又面对面坐着，不禁激起了内心的涟漪……

"听说你混得不错，"她开门见山地说，"今天来有点事相求。借点……"

我一听，心里就犯了难。其实我也是名声在外啊，说出去谁相信呢。心里这么想，嘴里还是答应了。我假装出去方便，悄悄地跟妻子说了。妻子听了，说："人家从城里来一趟也不容易，找到咱也是对咱相信呢。俗话说，张口容易背口难。前日，我卖的山芋粉不足500元，你到他大爷家再凑几十元添上拿给她，啊，可不要叫人家面子过不去。"

借钱的事就这么成了。一晃又是几年过去了，钱她却一直没有来还。

我在乡镇企业谋职，近年来受市场经济的冲击，单位效益很不景气，再加上日益繁重的家事，手头十分拮据。一日，妻子说："你还是去趟县城探探看，可能人家工作忙，抽不开身。"

到了县城，通过一位同学，得知她住在大运河堤下，现在丈夫下岗，她本就没有工作，整天在家闲着，没事的时候，俩人就斗嘴。在邻居的劝说下，不久前开了个凉皮摊，因丢不开面子，几天就收了。

听了同学的一番话，我没有去河堤下找她。回去后，把她的这些情况告诉了妻子，妻子听后十分同情地说："城里没有工作的日子比乡下还难过啊！我们孬好还有几亩地啃着，这点钱暂时就不要提了吧！"

天有不测风云，人有旦夕祸福。父亲陡然生了一场病。大概人久不生病，偶然得病就很重，一夜间就花去了七八千元，家里的所有积蓄都用上了。

"这下该去看看了，"妻子说，"把家里的情况跟人家讲明白。"

临走时，妻子还千叮咛万嘱咐，可不要把人家逼得过不下去了。

到了县城，我首先到了供电局的朋友家。当朋友听说我父亲病重后，硬塞给我500元钱，说："拿着，这是对伯父的一点心意。"

我揣着钱来到了运河堤下，找到了她家，她正在"围城"，五毛一花，见了我一副很惊讶的样子："哎呀呀，今天什么风把你给吹来了，坐，坐，坐……还有半小时就结束了，待会再叙，啊！"

我耐着性子等了约半小时，她把牌一推说："走，进馆子，今天老同学给我带来了财运，赢了25元，大家都去，我请客。"

"到附近的大排档随便吃点吧。"我说。

"你老同学平时也不来，到沁园春吧，我们也沾回光。"几位牌友拖拖拽拽地就来到了沁园春，落座后几位牌友拼命地点菜，此时，我想，她们太热情好客啦。

一阵你来我往后，酒也喝得差不多了，说说讲讲就结束了，服务员递过账单，说："285元。"

我忙客套地说："我来结吧！"

她一听，把大拇指一竖对牌友夸奖道："咱的同学在某某单位当这个，威风得很。"

此时，我是骑虎难下了，半晌从口袋里摸出那500元钱，无可奈何地付了账。只听她说："不好意思喔，下次绝不能叫你招待了。"

说着和几位牌友走了。

我如坠五里云雾，不知是怎么回的家，到家后只见妻子在一瓢一瓢地扒着粮食。

"我琢磨着，这囤粮食还能卖2000元，父亲在医院里正等着钱哩。"

听着妻子的话，我从身上掏出仅剩的200元钱，递给她："钱全部拿回来了，不小心叫人掏去了300元。"

"你看，真不该去要这500元钱哪，人家多不容易，没有工作，哪来的钱呢，结果拿来的钱又没有派上用场，屋漏偏遭连阴雨啊。咳——"妻子说着长长地叹了口气。

听着妻子的一席话，我的心里确实难受，真想哭。于是，一串长长的泪便从我的面颊上滑了下来。

农民的心地很善良
——评小说《偶像》

秦德龙

秦德龙，天津蓟州区人，中国作家协会会员，曾担任第五届河南省文联委员。致力于短篇小说和微型小说创作，作品被收入《中国新文学大系》等三百多种文集，已出版二十余部个人文学作品集。曾在《文艺报》《小说选刊》《短篇小说》《北方文学》《章回小说》《山东文学》《安徽文学》《天池》《小小说选刊》《微型小说选刊》等报刊发表作品。中央电视台、《文艺报》等媒体分别对其做过报道和评述。2016年11月，短小说《车的问题》曾获得首届《林中凤凰》全国短小说征文"大禾庄园杯"一等奖。

颜士富创作的《偶像》是一部难得的好作品，写出了苏北农民的真实心态和思想价值取向。

《偶像》好就好在引人思考。因为作品拼到最后，比的是思想。没错，作家是笔下人物的总导演。作家主宰着人物的喜怒哀乐，主宰着人生的多重走向。会讲故事，这是作家的本事。本事大的作家，甩出的每个包袱，都会有爆破的力量。所谓爆破，势必震撼人心，打动读者。选材合理、得当，结尾处突起高潮，这就是《微型小说选刊》原主编郑允钦先生指出的"出奇制胜"。

不能感动人的艺术，不是好艺术；也可以说，根本就不是艺术。读者是需要被感动的，被艺术的美感所感动。颜士富先生笔下的《偶像》，可谓一幕又一幕感人的故事，读者按照作家的指引，一步步心甘情愿地走向作家事先挖好的陷阱。好小说是什么？就是作品感动读者，感染读者，读者自然而然地亲近作品，走进作品。读者总是这样，若是不被感动，是不会从内心里发出喝彩的。

颜士富先生的作品，之所以感动读者，愚以为，他首先是将自己摆进了作品。没错，每个人年轻的时候，都有自己的偶像。关键是颜士富的感受和别人不一样。高尔基说："作家写公羊，就得把自己想象成公羊。"颜士富先生不但是《偶像》里的"公羊"，而且是"怀着爱心吃蔬菜，会比怀着怨恨吃牛肉香得多"（《圣经》）的"公羊"。因此，在《偶像》中，我们可以看到作家"大爱胜过大恨"的情结。正因为有了这种情结，妻子不动声色地说："来人了，你的同学。"校花来借钱，丈夫一听，心里就犯了难。其实当时自己也是名声在外啊，说出去谁相信呢。心里这么想，丈夫假装出去方便，悄悄地跟妻子说了。妻子听了后说："人家从城里来一趟也不容易，找到咱也是对咱相信呢。俗话说，张口容易背口难，前日，我卖的山芋粉不足500元。你到他大爷家再凑几十元添上拿给她，啊，可不要叫人家面子过不去。"钱没有还。校花在打牌。还是因为有了这种大爱，妻子又说："你看，真不该去要这500元钱哪，人家多不容易，没有工作，哪来的钱呢……"妻子的话，让丈夫的心里确实难受。就这样，妻子收回了丈夫那颗失窃的心。

当然，《偶像》表面上是写丈夫与校花的感情纠葛，实际上是把妻子作为偶像大书特书。也可以说，丈夫是妻子的偶像。因为，不是一家人，不进一家门。丈夫也是很可爱的，因为丈夫憨厚、诚实。读者可以体会到这一点。归根到底，文学创作所书写的，无非一个"情"字，爱情、亲情、友情。颜士富先生对养育自己的那一片厚土，有着丰富的人生情感。正是这种情感，方使得《偶像》从他的笔下自然而然地流淌出来，成为脍炙人口的乡村绝唱。

人生如戏。阅读颜士富先生的作品，可以体味"人生大舞台，你我小道具"的寓意。作家是个写人物、写文学语言的高手，种种神来之笔，写得妙不可言。如"张口容易背口难""孬好还有几亩地啃着""骑虎难下""屋漏偏遭连阴雨"等等，让人读来上口，品咂良久。颜士富先生在泗阳生活了几十载，熟知乡村俚语，广泛占有民间语言资源，达到了信手拈来、出神入化的地步。文学是语言的艺术，文学语言当属小说的首位要素。做小说，很大程度上就是"做"语言的。谁的语言好，谁就能将小说的"呼啦圈儿"呼啦圆，谁就能打动读者，征服读者。人一上百，形形色色，自说自话，自唱自戏。好小说的每句话，都会毫无障碍地渗透到读者的感知世界中，韵味无穷。细察颜士富先生的小说人物，那对话的口吻，完全弥漫在独有的地域特色中了，这就大大增强了作品的文学美感。这样的好小说，有人儿，有事儿，有味儿，有趣儿，有劲儿，就让人爱不释手了。这也是一种品质感，有了这种品质感，小说一开头就能把读者牢牢地抓住。颜士富先生在语言的把握上，有丰富的表现力、感染力，有很强的自觉性。他的语言很干净，绝不拖泥带水。

人生是需要梦境的。梦是什么？梦是对现实生活的超越，是对精神世界的追求。人是通过保留梦想而接近理想的。换言之，即便是成年人，也是需要童话的。对真善美的向往，是人类的天性。同样，揭露假恶丑，也是为了弘扬真善美。二者相辅相成，也相反相成。于作家来说，梦里梦外，其实都是一种生活姿态。作家是善于编织梦境的人。生活中依靠做梦来实现圆满人生的人，比比皆是。作家就是要把这些人送入理想中的自由王国，也即不同于现实生活的精神世界，或称第二世界。只有在精神世界（第二世界）中，人们的一切理想和追求才能得以充分的实现。诚然，颜士富先生是以表现农村题材为主的作家，窃以为，他的作品不仅仅表现了农民的欢乐和痛苦，更重要的是写出了农民对生存环境的抗争意识和奋斗精神。他表现的是农民的优质层面和新质亮色，这就是《偶像》之所以耐读、耐品的可贵之处了。当然，这是一种正能量，讲好中国故事很需要这样接地气。

"艺术是现实的再现，真正的艺术必须指出生活中正确的东西"（别林斯基语）。文学是在现实的应答中激发起自身激情的，作家应以自己独特的方式观照和表达生活。颜士富先生在坚韧不拔的创作境界中，向着这种状态抵达。我欣赏颜士富先生的小说，也是因其貌似很"土"，却是从"土"中脱颖而出的那种"大雅"。须知，大雅即为大俗，最好的作品，应当是雅俗共赏。当然，这对所有做小说的人来说，是永无止境的。

河殇

入冬，就掀起了兴修水利高潮，全村男女老少齐上阵，就连干活最耍滑的狗娃也没有躲掉。

狗娃推着一辆独轮车，秀替狗娃拉车。清晨，狗娃刚推完第一趟土，说要解手，放下车子就走了。狗娃一走就是半小时。既然是拉屎撒尿，大家也不好说什么。狗娃回来后又继续推车，秀仍拉车。

刚推了几趟狗娃又说要解手，队长发话了："狗娃，你能有多少的屎尿啊？"

"你上管天下管地，可管不了咱尿尿拉屎和放屁。"狗娃不耐烦地说着就走了。

队长一气告到了营部，大队长一听火冒三丈地说："走，看看他到底是不是真拉屎。"

队长和大队长在一个芦苇丛中找到狗娃。狗娃确切地蹲在那里屙屎。队长看了看大队长，大队长没有吱声，抽出一支烟点上，等着狗娃。

狗娃见队长和大队长找来了，知道事情不妙了，真的想拉屎时又怎么也没有，只好提着裤子。大队长走了过去一看，愤怒地说：

"这分明是狗屎，你……"

"队长，"狗娃软声细语地说，"人累了什么屎都拉。"

大队长把烟头往地上一甩，说："你现在停工，写检查，挂牌游河工。"

狗娃看着队长和大队长气呼呼地走了，心里一阵窃喜——只要你不要我干活，叫我做什么都行。

狗娃身上挂着两块牌子，上面写着五个醒目的大字——偷懒就像我。每天上工时由两个干部带着在工地上游行，晚上还要把一天的感受写出来送到营部。大队长看了说写得不够深刻，要继续游。

这天，狗娃又游了一天。晚上，天黑得伸手不见五指，星星眨着诡秘的眼睛，西北风裹着霜刮在脸上，就像无数个针尖在刺。狗娃来到营部，营部紧闭着门。狗娃紧了紧棉袄正欲敲门，只听里面传出了一个熟悉的声音："大队长，你找我调查什么材料？"

"秀，我一直关心着你，你是有文化的知识青年，这样的活你受不了，明天我就把你调到营部食堂……"

"你放开我……"

"嗵嗵嗵……"狗娃再也听不下去了，把门擂得山响，大声地吼道："畜生，你快放开她，让她走——"

门开了，秀抹着泪从屋里冲出来。狗娃把写好的检查撕得粉碎，将纸屑向大队长的脸扔去，接着"呸"地吐了一口便扬长而去。

次日，狗娃便不再游河工，他仍到河塘推着一辆独轮车，秀仍跟他拉车。上土的人怀着成见，拼命地往狗娃的车上堆土，车子堆得像小山似的，不能再堆了，这时狗娃才捧起车把，使出浑身力气向前扛。豆大的汗珠顺着额头往下滑，一趟、两趟……十趟……

趟趟如此，狗娃就是不提换人的事。狗娃脱去身上所有的棉衣，上坡时，屁股一扭一扭的，车子吱嗷吱嗷地叫，这趟秀拉车也感到非常吃力。再加一把油车子就上去了。然而，狗娃再也没有力气了，哇地吐出一口鲜血，腿一软栽倒了，连人带车翻到了河底。秀不顾一切冲过去抱起狗娃，喊："狗娃，狗娃，你醒醒……"

狗娃微微地睁开眼，望着秀，脸上露出了一丝笑意，气若游丝地说："佛争一炷香，人争一口气……"

秀点了点头，泪不禁汩汩地流了下来，说："娃哥，你要挺住啊！"

大家都异样地看着狗娃，心里猜想狗娃是不是给游怕了。

秀最清楚。

"小人物"的人性亮点
——评小说《河殇》

凌焕新

凌焕新，当代写作理论家、微型小说研究开拓者和评论家。南京师范大学文学院教授，历任江苏高考语文阅卷组复查组组长。世界华文微型小说研究会副会长，中国写作学会副会长，江苏省写作学会会长。著有《写作学新编》《写作精义探要》《写作新教程》《微型小说艺术探微》《微型小说美学》等。

在农村，芸芸众生的农民，大多是普普通通的小人物。颜士富《河殇》中的狗娃便是其中的一位。在河堤上兴修水利中发生的故事，描述出他尽管有着耍滑偷懒的不良习性，但他心里还藏着正义感的底蕴，显示出他人性中闪亮的光芒，这形象地传承着中国农民朴实正义的品格。

兴修水利的工地上，狗娃推着独轮车运土，秀给他拉车组成劳动的伙伴。可他懒性发作，经常停车去解手，直至给队长、大队长这些领导发觉，叫他停工、写检查，当反面教员挂牌游河工。这样游着游着，把他的自尊脸儿都剥光，似乎他已坠入人群的底层。可他晚上偶然来到工地营部，却遇到了一个令人愤慨的场景：大队长竟虚情假意地关心秀，借口要调查什么材料，实质上是企图调戏秀，紧抱着她。而秀则坚决反抗，大声嚷嚷。狗娃再也听不下去了，猛敲大门，大声吼骂。里面的大队长听了不得不放走了秀。狗娃不知哪里来的勇气，把写好的检查撕得粉碎，并把纸屑向大队长脸上扔去，"呸"地吐了一口便扬长而去。这里狗娃疾恶如仇的正义感从心底升起，他要为捍卫正义而不计可能遭遇的不良后果。这就是青年农民的底色，人性中坚持正义、捍卫正义的亮色。

大队长这个丑陋人物当然不敢公开这则丑闻，不能公然由此处理狗娃，然阳谋不行玩阴的。还有一些抱有成见的河工在工地上有意作弄狗娃，拼命往狗娃的车上堆土，像一座小山，可狗娃闷声不响，使出浑身劲向前扛，一连十多趟，趟趟如此，俨然成劳动干将，哪有一点"懒"气。作者形象地形容他"豆大的汗珠顺着额头往下滑""脱去身上所有的棉衣，上坡时，屁股一扭一扭的，车子吱嗽吱嗽地叫"。然而油干灯草尽，终于在上坡时耗尽力气而吐了一口血。他腿一软连车带人翻到河底。秀冲过去抱起狗娃唤醒了他。可他没有半点儿悲情的颓丧，望着秀，露出了笑意，并说出了一个小人物的惊人话语："佛争一炷香，人争一口气。"弱者也有"争气"志。狗娃在逆境中坚强起来，"人争一口气"提示了狗娃心灵中最宝贵的正义和自强的人品。有成见的人以为他的翻车受伤是被"游"怕了的结果。人蔫了哪有不翻船的。然作者借用"秀"的视角暗示出：抑或是他本性善良的正义感的爆发，抑或是为了她，为了捍卫拉车同伴秀的人身不受伤害而"争口气"。它为狗娃的形象塑造完成了富有张力的一笔。

颜士富身在农村，熟悉农民，深入底层生活，所以他的微型小说都带有浓郁的乡土味，描述出许多像狗娃那样的农民兄弟，把叙写故事和场面与人物细节结合起来，纵横交叉而成了时空结合的形象世界。他写的狗娃这些人物，并不遮避其人性中的弱点，但更重要的是通过突发事件，表现出其个性的亮点，这叫柔中见刚，弱中显强，因而他的微型小说往往欲扬先抑，呈现出微中见幽、短中显厚的特色，有某些耐人咀嚼的东西。这正是作品审美价值之所在。

师魂

王老为人刚正不阿，心地善良，爱生如子。从教多年，弟子万千，真乃桃李满天下。

王老从事语文教学，上课幽默风趣，生动活泼，无论优生劣生都喜爱听他授课。

现在王老虽然年高赋闲在家，养花、撰文、赋诗，自得其乐。隔三岔五，不断有昔日的学生登门拜望，重温师生情谊。至中午或晚上，王老皆留学生在家用餐，然而学生不依不饶，非得把老师请到酒店。

王老首席落座，学生分坐两旁。席间仍滔滔不绝，讲些诸子百家。那种神情不亚于当年。比如说，王老讲到怎么评价社会上的人，何谓好人？何谓坏人？于是，他便引经据典进行论述——

有一次，孔子的学生子路问：人人都说这人是好人，这人到底是不是好人？

这人不是好人！孔子答。

那么人人都说这人是坏人呢？子路又问。

那这人绝不是好人。孔子答。

子路疑惑地问：那什么样的人为好人呢？

孔子曰：被多数人拥护，少数人反对的，那么这人必定是好人。

……

王老如数家珍，若有个别走神，他毫不客气地放下手中的筷子，用食指敲了敲桌面，提醒大家注意他的讲解。

席间学生纷纷举杯敬酒，王老虽然不胜酒力，也举杯应和，"浅尝辄止"，其乐融融。宴毕，王老仍沉浸在师生欢乐的氛围中，欣然赋诗一首：

诸老鬓白心未翁，举筋畅饮五粮醇。

无价最是桃李酒，多情不属女儿红。

醉歌骏马驰壑谷，喜吟鹏鸟步青云。

只要湖光山色好，任他姹紫与嫣红。

天有不测风云。

一日晚上，王老携老伴散步，突然从对面过来一辆三轮车，王老避让不及被三轮车撞倒在地，老伴连忙搀扶王老，王老疼痛难忍，睡在地上起不来。

接到群众报警，交警大队的民警赶到了现场，立即将王老送往医院，接着进行现场勘查，扣了三轮车并留置车主。

王老在医院进行了全面检查，膀子被撞骨折，需要住院治疗。

经现场勘查和目击证人证言，三轮车属逆向行驶，对事故负全责。交警大队让肇事车主全额支付王老的医疗费。

事故认定书出来后，值班民警找王老签字。王老接过认定书看后沉吟良久，终于说，肇事车主与我素昧平生，往日无冤无仇，只是缺乏交通安全意识，又是下岗工人，苦于生计，以三轮谋生，哪能赔得起医疗费，赔偿一事就罢了，好歹我们还有退休金。

民警一听，立即反对说："那可不行。"

"怎么不行？"王老反问。

"他要对他的行为负责到底。"民警说。

"命还在，没有什么大不了的事，就这样定了。"王老肯定地说。

在王老的再三要求下，民警说："你主动放弃赔偿，务请你写份说明书，存入档案。"

"需要什么手续，我写给你就是了。"

办案民警把事故处理经过告诉肇事车主后，肇事车主感激涕零，带着妻儿到医院找到王老，扑通一声跪在面前，喊："恩师！"泪如雨注。

王老被眼前的一幕惊呆了，记忆里怎么也搜索不到这个学生。

　　"您已经是我的老师了，是您教会了我该怎样去做人和做事。"

　　王老终于明白了，原来他就是肇事车主。

　　王老伸手拉着肇事车主，说："孩子，起来吧，我认你这个学生！"

点赞《师魂》
——评小说《师魂》

白 丁

白丁（原名张国志），江苏人，中国作家协会会员，中国煤矿作家协会理事，鲁迅文学院高研班第九期学员。20世纪90年代开始文学创作，以中短篇小说和文学评论写作为主，小说散见于各类文学期刊。在《北京文学》《小说界》《百花洲》《江南》《雨花》《青春》《芳草》《阳光》《青海湖》等刊物发表作品近百篇，小说被《作品与争鸣》《小说选刊》《新华文摘》等转载，获得全国煤矿文学乌金奖、芳草文学奖。文学评论在《文艺报》《文学报》《北京文学》《阳光》《创作评谭》《文艺新观察》等报刊发表，获中国文联文艺评论奖。

　　微型小说难写，就在于它的构思，人人都在设法出奇制胜，给人思想的碰撞和艺术的享受。欧·亨利式的结局虽然老套，但有时还管用，一切都在铺陈，在设局，把你引到他的圈套里，最后让你恍然有悟，这是艺术上的功夫。如果想不与别人雷同，就得匠心独具。但更难的还在于微型小说包含的思想性，它不是一个索然无味的故事，不是一个无聊之至的段子，它的思想性决定了它的深度。而做到这些，是在极有限的篇幅里，在诸多限制之下，跳跃腾挪，拳打卧牛之地，方显技高一筹。

　　《师魂》至少有三个地方值得点赞。

　　一、直指现实。车祸的新闻我们看得很多，这样的悲剧背后还上演了更多更沉重的悲剧，在这类新闻事件中，考验的是道德人心。现实生活中发生的形形色色的车祸造成的不良影响甚至超越了车祸本身给我们的伤害。然而《师魂》给了我们一个意外，或者是一个安慰。那个肇事者遇到了王老师，事情就改变了"正常"的轨迹，出现了令人暖心的一幕。王老师的做法有点出乎读者的意料，同时也带来了欣赏上的愉悦。套用现在的一句话，王老师身上充满了正能量，这正是师之"魂"。

二、传达善意。如果一个社会充满敌意和不信任，充满冷漠和自私，这些负能量像病毒一样蔓延，则会危及更多人。如果人人都献出一点爱，世界就会变成美好的人间。我们都渴望那种彼此关爱的良好风气，但涉及个人利益时，人们往往就会犹疑，道理会让位于利益，从而做出有利自己损害他人的事情来。王老师的可贵之处在于，他不是从个人利益出发，他丝毫没有讹人的念头，相反，当他得知肇事者是下岗工人，靠做小生意养家糊口，便放弃了索赔。他的举动不仅让肇事者感激，也让读者动容。后来，那个肇事的小伙子给王老师跪下认师，就是表明他的忏悔，立志要做一个像王老师那样的人。王老师的善意传给小伙子，小伙子也会把善意再传给别人，这就是一个良性的循环。这是《师魂》非常具有现实意义的表达。

三、塑造人物。小说分两个部分，第一部分是车祸前，王老师如何教导自己的学生。他从教多年，桃李天下，为人正直，心地善良，而且极富才情（有诗为证）。这一部分耐人寻味的是对好人的讨论，显然是为下文作铺垫。第二部分是车祸之后。如果说第一部分是言传的话，第二部分就是身教。看一个人，不能只看他如何说，而是要看他如何做，在关键的时候有怎样的处世态度和选择。有了前面的铺垫，后面王老师的举动就合情合理；有了后面的交代，也充实了前面的人物塑造，使人物形象更加生动、丰满。

微型小说越来越难写，雷同、无新意、故弄玄虚，都会让微型小说步履维艰。但毕竟有颜士富这样致力于微型小说创作的作家，以及《林中凤凰》这样助力微型小说的刊物，相信，从这片林中能飞出更多金凤凰。

矛盾都是你

一天，我的手机上陡然出现一串文字：风铃的浪漫在于勾起人们对美好生活的向往，驼铃的深沉在于激起人们对锦绣前程的憧憬，手机的铃声让你知道有个人在关心你！

是个陌生号码，出于礼貌，我回拨了过去。

接电话的是一个男人的声音，讲了半天我才明白，是小学时的同学，已记不清他的学名了，只知道他乳名叫狗子。

狗子说，分别几十年了，很想见面聊一聊。

我把我住的地址告诉他，并邀他次日到我家做客。

翌日清晨，狗子如约来到了我家，还拎了箱牛奶。

我边把狗子迎进屋边说："来玩玩干吗带礼品？"

"多年不见，怎么能空手造访呢，区区小礼，不足挂齿。"狗子文绉绉地说。

沏了杯茶递给狗子后，再细一打量，狗子西装革履的，小分头梳得油光发亮，一副派头十足的样子，我忙吩咐爱人去街上买早点，狗子阻止说："不用了，我早晚是不吃饭的。"说着，从口袋里掏出一个小包，撕了个小口，脸一仰就把包里的东西倒在了嘴里，说，"我早晚都用这个，营养很丰富。"

我没有看狗子吃的是什么东西，但心里还是有点好奇。

"五六十年代没得吃，八十年代不愁吃，而当今的人们是考虑吃的质量了。"狗子说。

听了狗子的话，我不无感慨地说："是啊，现代人每天不是吃鱼就是吃肉，吃竟成了负担啦！人人都在喊减肥。"

"好了，告辞了。"狗子突然站起来说。

狗子要走，我感到很突然，我边挽留边说，我们还没有聊呢！

"改日吧，我忙得很。"

狗子走了，又给我留下一个谜。

狗子出生在一个贫寒的家庭，小时候的印象是拖着鼻涕，穿着一双露着大脚丫的解放鞋，臭气一阵阵地从大脚丫向外蔓延……几十年不见，讲起话来一套一套的，让人感觉挺有学问。

一日晚饭后，应狗子之约去有意思茶馆喝茶。

刚落座，狗子问喝点什么。

我说随便。

"好，那就来一壶碧螺春吧！"

很快，服务员就把茶端了过来。狗子先斟了杯递给我说："最近忙死了，脱不开身，都是给财撵的。"

狗子的话很有悬念，让人朦胧，更让人产生了解他的欲望。我迫不及待地说："你小子混得肯定不错，发财了也别忘记替哥们指点迷津。"

"简单，非常简单，"狗子说，"我做的事人人都能做到，零风险，如果你有兴趣的话我带你去了解一下，感觉好我们就一起做。"

"行啊。"我不假思索地说。

"好，那我们现在就走，正好 9 点有个创业说明会，去听听。"

我随狗子走出了茶馆，来到一个不很大的房间，里面已有二十余人，人还在陆续来，我和狗子找了空位坐下来。

不一会儿就济济一堂，主持人走上讲台说："×××（指产品）事业的伙伴们，晚上好！"

"好！很好！！非常好！！！耶——"

下面热情高涨，一呼百应。

"好，请伙伴们举起您高贵的手，欢迎我们的毛驴总裁和大家共同分享他成功的喜悦。"

主持人话音一落，从掌声中走出一个老头。老头向大家深深地鞠了一个躬，说："我是农村一个拉毛驴车的，今天能站在讲台上和大家共同分享，首先应该感谢×××产品公司，是它给了我这个机会……"

"谢谢毛驴总裁，下面欢迎牧羊经理和我们分享她的成功经验，掌声有请。"

主持人话音一落，又从掌声中走出一位胖乎乎的老妇人。老妇人在讲台上向大家深深地鞠了一个躬，说："我是一个农村放羊的老婆子，今天能站在讲台上和大家共同分享，都是 ××× 产品公司的功劳啊……"

"谢谢牧羊经理的现身说法，下面请年轻英俊的马主任和大家分享，掌声欢迎。"

主持人话音一落，从掌声中走出一位小伙子。小伙子站在讲台向大家深深地鞠了一个躬，说："我是一名下岗工人，今天能站在讲台上，多亏×××产品公司……"

"谢谢马主任和我们分享。"主持人说着，看了下表，说，"要想活得棒，不要怕上台出洋相；上台挥挥手，钞票跟着你屁股走……好，今天就和大家分享到此，晚安！"

听了这个说明会还真的有点兴奋，我心猿意马地说："这就是传销吧？"

"对，"狗子说，"传播健康理念，销我们的产品，赚自己的钱。难道说这个传销不好吗？"

狗子真正地浮出了水面，露出了庐山真面目。

我说："传销是国家禁止的。"

"对呀，"狗子说，"我们是在打擦边球——做直销。在人们都举棋不定的时候，我们去做，等大家都明白了，我们的级别就上去了，到那时，啥都不用做了，说不准你上厕所拉屎的工夫就能赚三五万呢。"

我说对这个运作模式和产品质量都缺乏了解，是否做得考虑考虑再说。

"不要犹豫了，"狗子坚定地说，"产品质量绝对没有问题，你还是先从用产品开始吧，你家孩子念书吃这个产品，保证更加聪明，高考一定能考上重点大学。"

狗子说着就列举了某某家孩子吃了该产品如何聪明伶俐，又说某某某吃了该产品心脏病好了，还有某某某吃了该产品肝硬化也好了……

一时该产品百病包治了。

不知怎地，狗子越是把该产品神奇化，我越是排斥，最后我决定不用该产品。

后来，狗子隔三岔五打电话、发短信约我，都被我一一回绝了。

一天，狗子突然来到我家。还没等狗子开口，我说我绝对不做。

狗子忙解释说，来你家有另事相求。

"有什么事你就直说吧。"

"我家孩子今年没有考好，想复读，请你跟学校领导打个招呼，少收点学费。"

"这不行，我自家孩子的学费都没有少交。"说到这，我突然想起前日去淮安还和狗子家的孩子坐一辆车呢，我说，"那天你家孩子上淮安干什么？"

"孩子的转氨酶高，去拿药的。"

"你给她吃 ××× 产品就行了。"我脱口而出。

狗子的脸一下红了，再没有说话。

此后，狗子再没有发短信给我。于是，狗子在我的印象中又渐渐地淡忘了。

融在幽默里的人生况味
——评小说《矛盾都是你》

汝荣兴

汝荣兴,浙江嘉兴人,现供职于浙江嘉兴教育学院。迄今已在国内外近400家报刊发表微型小说作品1000多篇、微型小说评论300多篇,同时出版有《母亲节的康乃馨》等多部个人微型小说作品集和微型小说评论集《中国当代微型小说名篇赏析》,并主编有《感动你一生的微型小说全集》等多部微型小说精华选本。曾入选"中国当代(1982-2002)小小说风云人物榜",获"小小说星座"荣誉称号。

如果有必要首先对颜士富先生的这篇《矛盾都是你》做一个文本性质上的归类的话,我可以十分肯定地说:这是一篇幽默小小说。

众所周知,幽默即有趣或可笑而意味深长的。所谓幽默小小说,指的自然便是那些以幽默为特征的微型小说了。而颜士富先生的这篇《矛盾都是你》,也确实是十分的"有趣或可笑而意味深长的"。

先来看它的"有趣或可笑"——

作品主人公名叫"狗子",另有人物或叫"毛驴总裁"或为"牧羊经理"或曰"马主任"……要知道,文学作品中人物的姓名,往往看似都由作家信手拈来实际上却又常常是作家"处心积虑"的结果。没错,颜士富先生如此这般给他的人物取名,无疑是在给作品的"有趣或可笑"定调了。

当然,"有趣或可笑"的更有作品主人公的行为。你看,狗子的出场方式是那种"先闻其声后见其人"的方式，而"陡然出现"在"我"手机上的那串文字的优美与深情，则与"我"最终看到的狗子那"庐山真面目"形成了鲜明又强烈的反差，从而给人留下了深刻的可笑之感。与此同时，狗子先后与"我"见面时那种总是以忙为由的说来就来说走就走的谜一样表现，显然既收到了属于故事情节设置上的"悬念"效果，又凸显了属于人物造型方面的趣味色彩，而狗子最终的"脸一下红了，再没有说话"，则是以情节彻底反转的方式，对他的"有趣或可笑"做了让人不禁要唏嘘感慨的归纳与总结。

就这样，从人物的名字到人物的行为，《矛盾都是你》的幽默已毋庸置疑。不过，这样的幽默还不是幽默的全部，甚至只能算是表层的幽默。很多年前，我曾在一篇题为《话说幽默小小说》的文章里这样说过："'正宗'的幽默该由两方面组合而成：一方面是'有趣或可笑'，一方面是'意味深长'。——这里，前者属外在的形式，后者属内在的蕴涵。也只有那种既有外在形式的'有趣或可笑'又有内在蕴涵的'意味深长'的作品，才可达到和实现真正意义上的幽默的效果和境界。"关于这一点，我深信颜士富先生是与我有着相同的认识与理解的，因为，在读罢《矛盾都是你》之后，我们能看到这篇作品在"有趣或可笑"的同时实在还是"意味深长"的。

现在该来解读《矛盾都是你》所讲述的故事及经由故事所塑造的人物了。我知道，很可能有人会这样说：这不就是一个关于传销的故事吗？这样的故事以及这样的人物其实并不新鲜呀！没错，这确实是一个关于传销的故事，故事本身及其人物也确实都算不上新鲜。不过，我相信那只是你初读作品后会产生的感觉。而如果你能将作品一读再读，你的感觉就肯定会起变化，直到能感受它的"意味深长"。

事实上，《矛盾都是你》的"意味深长"，在于它通过所讲述的这个算不上新鲜的故事，塑造了狗子这一从表面看同样也算不上新鲜，而内在里却又显得非同一般的人物形象——从狗子这一人物身上，我们看到的不仅仅是传销这一社会现象，更可以看到包括"毛驴总裁"们在内的许许多多如狗子这样的人的生存状态与人生况味。是的，虽然作品中并无半句关于狗子是如何走上传销这条路的交代，但透过故事所营造的"要想活得棒，不要怕上台出洋相；上台挥挥手，钞票跟着你屁股走"的浓厚氛围，更通过"我"对"出生在一个贫寒的家庭"的小时候的狗子的印象的描述，特别是通过作品结尾处狗子对我"另事相求"的情节的彻底反转，我们在"哀其不幸怒其不争"的同时，分明又很真切也很深切地体味到了生活在社会底层的狗子们的无助与无奈——只是因为生活的现实和现实的生活，才迫使狗子们希望着可以"上厕所拉屎的工夫就能赚三五万"呀！

于是，狗子这一形象，也便在"有趣或可笑"的同时变得"意味深长"了。

这里，我觉得还很有必要说说作品中的"我"。实际上，作品中的这个"我"可绝不是简单意义上的故事的叙述者。不，这个"我"同时也是作品那"意味深长"的寄托者与展示者——从狗子的"另事相求"可知，"我"显然是不同于狗子们的另一类人，是有着一定的身份与地位的人，而且还是更清楚地知道"传销是国家禁止的"的人。只是，就是这样的一个"我"，为什么也会轻易地"随狗子走出了茶馆，来到一个不很大的房间"，乃至"听了这个说明会还真的有点兴奋", 并表示对那传销"是否做得考虑考虑再说"呢? 不用说, 这折射和反映的便是狗子们之外的另一类人的人生况味了。由此, 这篇作品无疑也就显得更加"意味深长"了。

对了, 要论《矛盾都是你》的"有趣或可笑而意味深长", 其实还不能忘记作品的题目——从表面看, 这一题目似乎是属于故事之外的, 可仔细想想, 狗子也好, "我"也罢, 还不是因为都身处生活的现实与现实的生活的"矛盾"之中, 所以才会如此这般的吗? 这何尝不也是将人生况味融在幽默里的一种表达方法呢!

写到这里, 我忍不住又要搬出来自己很多年前那篇《话说幽默小小说》里说过的话了: "纵观那些堪称优秀的幽默小小说作品, 我们会发现它们共同的表现形态是诙谐, 或故事情节或结构样式或叙述语言的诙谐, 并由此构成作品的可读性, 而其显著的功效特征, 则是读着或读罢这样的作品会令人情不自禁地发笑, 然后于笑声里领会和接受作品那或属意蕴类或为审美类的题旨。"我相信, 因为让人看到了那种融在幽默里的人生况味, 所以, 身为读者的你, 应该是会和我一起, 由衷地为颜士富先生的这篇《矛盾都是你》叫好的。

致富秘诀

姜山在省城是一名出色的记者，因一次采访回到了故乡。听说儿时的仨同学侯四、李五、任六，腰缠万贯，鹤立鸡群。出于职业的敏感，姜山很想见见他们。

阔别二十余年的老同学聚到一起，侃大山也是漫无边际，就是三天三夜也毫无倦意。一日中午，姜山又把他们仨召集到他下榻的宾馆，郑重地说："我的采访任务已经结束，下午该启程了，中午谁也别争，由我做东。但，有个前提，不准瞎闹，谈谈你们致富的理念，就算是你们这次送给老同学的礼物吧。"

"你可别小瞧我们仨啊，礼物已经给你准备好了。"侯四抢着说。

"没有别的，就是地方的名特产，"李五补充说，"几箱双沟珍宝坊酒，开启天下自由勾兑先河。"

"好了，好了，别闹了，"任六说，"我们还是讲些正题吧！"

"好吧，"侯四说，"还是我先说吧！我在县城并不算繁华的地方开了个超市，每天顾客盈门，络绎不绝，年收入上百万。为什么顾客爱光顾我的超市呢？就是我跟别人的超市有一点小小区别，别的超市包括一些宾馆门前都有迎宾小姐，顾客临门时都说上一句'欢迎光临'，而我的店恰恰相反，没有迎宾小姐，而是在顾客离店的时候，在顾客的背后给人家作揖相送。"

"这样人家不是看不到吗？"姜山禁不住地问了一句。

"对，为什么要让他看到呢，他不是看到了我们为前面顾客作揖相送了吗？这样他们就会感动。其实，人们早已厌倦了虚假的应酬和落俗的客套，包括一些漫天飞舞的广告和廉价的承诺，我坚信此时无声胜有声。顾客心里想的是商家售后的态度，而不是售前的演说。"

"啪啪……"姜山带头鼓起了掌。

"我是一家产品的经销商，"李五接着说，"保守讲，年收入也不亚于侯哥。当初在销售过程中吃了不少闭门羹，后来，在一次理发过程中得到了启发。"李五说着指着自己的头，"别看我这小平顶啊，最显功夫，闯了几家美发店都不愿承接这个'工程'。我就不信在县城就没有人能剃我这个头。终于，在一个不起眼的发屋，一位二十出头的小伙子愿意试试，他足足用了一个半小时。我照了照镜子，并不满意小伙子的'作品'。小平头头顶一定要平，我的头顶参差不齐，但是小伙子已经尽力了。此时，我表现出十分满意，并说，很好！小师傅身手不凡嘛！其实小伙子心里明白，脸霎时红了，连声说，抱歉，抱歉，手艺不精。后来，我就定点在这家理发，但，小伙子每次理发都有进步，直至成为县城一流的理发师。

"对一个成长中的人来说，鼓励是万万不可少的，失败是成功之母。经营中要不断地鼓足业务员的勇气，树立他们必胜的信心，世上没有不成功的事。"

"精彩，鼓掌，鼓掌！"任六说，"下面该我的了。我先讲发生在我老家的一个真实故事——

"二憨家里很穷，但为人厚道，做事认真、踏实。

"周小翠呢，长得水灵，手巧又聪明。

"二憨暗暗地爱上了小翠，又没有勇气向她表达自己的爱慕之情。一日，二憨终于鼓足勇气将小翠约到颜倪河畔，他拉着小翠的手吞吞吐吐地说：'小翠，我……我……'小翠看着二憨一副羞羞答答的样子，用眼神示意他把心里的话说出来。然而，二憨就是说不出口，他一急跑了，出去打工，想挣一笔钱回来再向小翠求婚。

"转眼两年过去了，二憨怀揣着几万元钱又回到了小村，去找小翠，郑重其事地向她求婚。当他见到小翠时，他傻眼了，小翠腆着肚子，已是身怀六甲孕妇了。小翠看着二憨一副魂不守舍的样子，手摸着肚子说：'当初这么好的事你不去做，以为没有别人去做啊……'"

"哈哈哈——"听了任六的故事，他们笑得前仰后合。

任六没有笑，一脸的严肃，说："有美好的理想不付诸行动，那是空想。在经营中一定要抓住每一次发展的机遇，成功就在你的行动中。"

"哎呀！独到，独到，"姜山咂着嘴说，"看来我这次是不枉此行了，真是听君一席话，胜读十年书啊！看来，任何的成功并非偶然啊，生活是垂青有心人哪。走！带着你们的礼品，借花献佛了，喝他个一醉方休。"

四两拨千斤
——评小说《致富秘诀》

曾宪榕

曾宪榕，文艺学硕士，现为《太湖》《书画艺术》编辑部副主任。

微型小说，又称超短篇小说或微型小说，虽说是从英文flashfiction直译过来，但其实其在中国也可谓历史悠久，如《山海经》、诸子百家及后来的《搜神记》《世说新语》里相当一部分的篇章都可说是今天所指的微型小说。

微型小说，顾名思义，篇幅要短小，几百字甚至几十字就可以独立成篇。美国作家弗里蒂克·布朗写过一篇微型小说："地球上最后一个人独自坐在房间里，这时忽然响起了敲门声……"全篇仅25个字，却非常别致、有味，被誉为世界上最短的科幻小说。

当然，光篇幅小还远远不够。著名作家汪曾祺在《小小说是什么》一文中曾指出："短篇小说的一般素质，小小说是应该具备的。小小说和短篇小说在本质上既相近，又有所区别。大体上讲，短篇小说散文的成分更多一些，而小小说则应有更多的诗的成分。小小说是短篇小说和诗杂交出来的一个新品种。它不能有叙事诗那样的恢宏，也不如抒情诗有那样强的音乐性。它可以说是用散文写的比叙事诗更为空灵，较抒情诗更具情节性的那么一种东西。它又不是散文诗，因为它毕竟还是小说。"

可见，小说不仅要选材精粹，还要语言精练，结构精巧，切入口小，内部张力大。

颜士富的《致富秘诀》就是具备这些品质的一篇好的微型小说。在这个到处充斥个人哀怨写作的"小时代"里，这篇宣扬社会正能量的微型小说，也算是一股清风拂过人心，用朴实语言，讲述平凡人的创业心得，借故事人物之口说出成功的途径。开超市的侯四教导向着顾客离去的背影鞠躬，因为"顾客心里想的是商家售后的态度，而不是售前的演说"。李五通过理发的启示得出结论："对一个成长中的人来说，鼓励是万万不可少的，失败是成功之母。经营中要不断地鼓足业务员的勇气，树立他们必胜的信心，世上没有不成功的事。"任六讲述了本村朋友爱上小翠却没有勇气追求，等到自己认为够格，上前表白的时候却发现为时已晚的故事。"有美好的理想不付诸行动，那是空想，在经营中一定要抓住每一次发展的机遇，成功就在你的行动中。"

文章选材看似普通，实则"精心设计"。此文讲述的是省城名记者姜山因公回乡，与三个事业有成的儿时伙伴相聚，倾听他们讲致富秘诀的故事。你看，主人公是省城名记者，但他在这里首先声明不是采访，而是和朋友自由交谈，请朋友畅所欲言说说创业成功的故事。但实际上，通过他最后说的"不枉此行"，我们还是感觉到姜山是有采访目的的，或者说，即使一开始没有明显目的，但是听了他们各自的故事后，感受很深，出于职业的敏感，也会行之于文，传播社会的正能量。

我们再来看它的结构。《致富秘诀》只写了一个画面，或者说只设置了一个场景，那就是记者姜山在所住的宾馆和自己儿时的同伴聊天。故事的时间、地点、人物和事件都被大大压缩和高度集中起来。但是，作者在这里用了故事套故事的方法，在自由轻松的故事讲述中，揭示了将人引向成功的做事做人的三个原则：背后尊重顾客，鼓励部下员工，一旦想法成熟立即付诸实践。这三个满含正能量的原则，其实每一个都是很大的课题，要讲明白，要传播开来，一般说来都需要大篇幅作大铺陈。但是作者却在这短短的文字中，巧妙地让名记者聆听真实的创业故事，忽地戛然而止，引而不发，但是读者又分明能感觉到名记者一定会去诠释和传播，这就捕捉住了生活的本质，展现出一种新鲜的角度。这也就是我们通常所说的切入口小，但是内部张力大。

　　这篇文章的语言也比较有特色，朴实无华，但是用词精练，准确生动。

投 票

　　某君的微型小说参加微信公众票选。于是，某君在朋友圈贴出邀请，希望朋友们伸出宝贵的手指，为自己的作品投出一票。

　　一会儿，某君陆续收到朋友一一回复——

　　已投。

　　已投。

　　已投。

　　……

　　某君看着自己的票数在不断叠加，心中不禁慨叹，朋友多了路好走啊！某君一一回敬：谢谢！

　　次日，某君仍然接到一些朋友的回复：已投。一连数日不歇。

某君照回不误：谢谢！

数日下来，在某君脑海里留下印象深刻的朋友是 B 君。每天几乎在同一时间，接到B君短信：今日已投。

其实投票规则是：每个微信仅限投票一次。某君犹豫了一下，还是回复：谢谢！

小文章，大味道
——评小说《投票》

程思良

程思良，笔名冷月潇潇，系闪小说发起人、倡导者与推动者，现为中国寓言文学研究会闪小说专业委员会会长、《闪小说》杂志主编。迄今已在《中国艺术时空》、《中国文艺家》、《小说月刊》、《香港文学》、印尼《国际日报》、泰国《亚洲日报》、菲律宾《世界日报》、新加坡《新华文学》、巴西《南美文艺》、德国《德华世界报》、美国《明州时报》、新西兰《先驱报》等200多家中外报刊发表小说、散文、寓言、文艺评论等1000多篇。作品被《读者》《青年文摘》《报刊文摘》《小说精选》《小小说选刊》等100多家知名文摘类报刊转载，并入选数十种知名年选与精选集。有作品被译成英文、泰文、菲律宾文等多国文字介绍到国外。曾获"中国当代寓言文学贡献奖"、"金江寓言文学奖"金奖、"2015年度中国小小说十大热点人物"等诸多奖项与荣誉称号。
出版闪小说集《迷宫》、散文集《梦里梦外》、寓言集《规则是圆的》、文学评论集《小说星空的闪电》等十余部文学作品集，主编《聚焦文学新潮流——当代闪小说精选》等80部文学作品集。2012年7月，应泰国华文作家协会之邀，赴曼谷为300多位泰国华文作家主讲"崛起中的闪小说——中国大陆闪小说发展概述"。2017年3月，应中国国家图书馆之邀，赴京为中国国家图书馆的"国图公开课"系列课程主讲"闪小说——小说家族新成员"。

闪小说要以600字之内的篇幅写出佳作，"闪"出精彩，并非易事。然而，限制产生美，正因挑战写作难度，使其富有特殊的艺术魅力。文章写得短小并不难，但写得短小耐人寻味则很难，需要作者深下功夫。颜士富在创作闪小说《投票》时，显然是颇下了一番功夫的。他仅用了寥寥200余字，便写出了一篇立意新颖、构思巧妙、意蕴丰赡的佳作。

优秀闪小说往往撷取生活中的一朵小浪花，摄取一个小镜头，或者是抓住生活中某一"闪光点"做文章，材料体积十分有限，却能在方寸之地积聚起巨大的爆发力，彰显艺术魅力，显现艺术高度。《投票》讲述的正是日常生活中的一件小事。以人们司空见惯的微信公众平台投票为创作题材，似乎难出什么新意，然而，颜士富却能别出心裁，以微显著，以小见大，创作出让人眼前一亮的佳作，引发读者心弦的颤动，思考文字背后的内涵，掀起心灵的风暴。

《投票》的构思十分精巧。写某君的微型小说参加微信公众票选，在朋友圈贴出邀请，希望朋友们为自己的作品投出一票。朋友们纷纷回复已投。某君看着自己的票数在不断叠加，心中不禁慨叹，朋友多了路好走啊！某君一一回敬：谢谢！接下来的数日，仍然接到一些朋友的回复：已投。一连数日不歇。某君照回不误：谢谢！让某君印象深刻的是B君，每天几乎在同一时间，都接到B君短信：今日已投。行文至此，波澜不惊。倘就此收束，称不上佳作。作者显然不会如此。在结尾处，作者匠心独运，波澜突起："其实投票规则是：每个微信仅限投票一次。某君犹豫了一下，还是回复：谢谢！"这极具艺术张力的凌空一闪，让人拍案叫绝。既出人意料，又在情理之中。其实，前文中早已埋下伏笔，某君邀请朋友们为他的作品投"一票"。

文章不以长短论英雄，精短之作照样可以意蕴丰赡。细品《投票》，耐人寻味。每个微信仅限投票一次，可是，一些朋友却连续多日都发来消息，表示"已投"。这些并不存在的"已投"，令人发笑，幽默中含有辛辣的讽刺。某君明知真况，为了不让对方难堪，依然回复"谢谢"。这一举动，则闪耀着人性美与人情美的光亮。

《投票》这篇作品，充分体现了闪小说在创作上追求"微型、新颖、巧妙、精粹"的特色。

六姑

鸡啼三更，草屋里仍亮着微弱的灯。

六姑坐在床上，脸上挂满了泪珠，床前跪着一个男人，屋内死一般的沉寂……

"你起来。"很久，六姑才从牙缝里挤出一个字——"离！"

次日，清晨。

六姑在前，男人在后，沿着沂蒙山下逶迤的山道高一脚低一脚地往小镇的车站走去。六姑是回苏北娘家的，这次，永远。

六姑十六岁就当兵。

六姑高高的个子，梳着短发，武装整齐，活脱脱的一个彪形"大汉"。六姑使双枪，百步穿杨，孟良崮战役中她俘虏过一个班长和两个机枪手，让战士们好生羡慕了一阵子。

六姑的男人是鲁南人，同六姑在一个战壕里当兵，那时，他俩对生死早已置之度外了。在一次战斗中，六姑和她的男人不幸身负重伤，在医护人员竭力抢救下，终于被从死亡线上拉了回来……淮海战役结束后，六姑便和她丈夫留在鲁南的农村老区。

六姑耕田耙地，样样精通，左邻右舍的父老乡亲都啧啧称颂，说六姑是个精明强干的女人，谁娶到这样的媳妇，该知足，幸福一辈子……

然而，天有不测风云，六姑自婚后一直没有开怀。六姑男人和她到医院做了一次检查，结果表明，六姑的生育能力是在那次负伤中失去的。六姑男人的精神陡然崩溃了。

无奈，六姑忍着内心痛苦的煎熬，回到苏北娘家，过着寂寞孤独的生活。直到后来，六姑抱养一个女孩，才给她的生活增添了一些欢乐。

六姑整天日出而作，日落而息，闲时从不赶集，如需什么，叫左邻右舍的侄男辈女顺便捎来。没事的时候总是坐着静静地抽烟，想过去战争时的英勇就自豪，想和平环境里人与人之间的关系就伤心，就落泪……六姑就是这样单调地慢慢地往前数日子。

一日，一群孩子围着一个操外地口音的男人，那男人是来找六姑的。六姑一眼便认出他，他是六姑从前的男人。六姑把他迎进屋，泡了杯茶，便去请人买菜。

"从哪来？"六姑问。

　　"到苏南出差，路过此地。"男人说。

　　六姑便不再问，到厨房里默默地做饭。一会儿饭菜做好了，六姑将饭菜摆到桌上，说："吃吧，一路累了。"说完六姑便出去了。

　　这天，六姑没有吃饭，六姑说地里有活要做。

　　傍晚，六姑从地里回来，见那男人，说："你怎没走？"

　　"我想过几日。"男人说。

　　"啪啪，"六姑竟抽了那男人两耳光，吼道："滚——现在就滚，当心老娘宰了你。"

　　见此，那男人灰溜溜地走了。六姑望着那男人渐渐远去了。回到屋里，倒在床上，哇的一声哭了，哭声惊天动地。

我读《六姑》
——评小说《六姑》

洪卫国

洪卫国，中国微型小说学会会员，宿迁市作协会员，中学资深语文教师，在国内多家报刊发表过文学作品。

"精神到处文章老，学问高时意气平。"

读完颜士富先生的微型小说《六姑》，我不禁想起了清代诗人石韫玉撰写的这副对联。

所谓"老"，即"老到"之意。大凡写作者，谁不向往这样的一种境界？但"老到"靠的是内功，要的是"精神"，又岂是朝夕之间可以炼成的？

尤其是微型小说，要想写得"老到"，就更难乎其难了——难就难在"越是篇幅有限，越要从容不迫"（汪曾祺）。

如果按汪曾祺先生的说法，那么，《六姑》也当属典范了。全篇仅900多字，但作者独辟蹊径，从一个细微的角度来探寻隐藏在故事背后的人性，并以此为爆破点，写出六姑这个人物的绚烂情感，确是高人一筹。

一是作品以精巧的构思，突破狭小的空间，把原本普通的故事写得一波三折。

六姑和她的男人在同一战壕里出生入死，淮海战役结束后，便"留在鲁南的农村老区"。左邻右舍都啧啧称颂，谁娶到这样的媳妇，该知足、幸福一辈子。可是，六姑"自婚后一直没有开怀"，直到和"她的男人"一起去医院做了一次检查，才知道，"六姑的生育能力是在那次负伤中失去的"。面对"精神陡然崩溃了"的男人，六姑只好"忍着内心痛苦"，坚定地选择了离婚。此为，"一折"。

离婚后，六姑回到了苏北娘家，"过着寂寞孤独的生活"，后来，她抱养了一个女孩，"才给她的生活增添了一些快乐"。此为，"二折"。

最精彩的莫过于"三折"：六姑从前的男人到苏南出差，顺路来找她。六姑请人买菜做好饭摆到桌上，便借口"地里有活要做"就出去了。接下来，作者笔锋一转，将"剧情"推向了高潮。兹照录如下：

傍晚，六姑从地里回来，见那男人，说："你怎没走？"

"我想过几日。"男人说。

"啪啪，"六姑竟抽了那男人两耳光，吼道："滚——现在就滚，当心老娘宰了你。"

见此，那男人灰溜溜地走了，六姑望着那男人渐渐远去了。回到屋里，倒在床上，哇的一声哭了，哭声惊天动地。

这次第，怎一个"哭"字了得？是的，这一声哭，来得突然，却也很复杂。既有对往昔的怀念，也混杂着无尽的哀怨——或许，还有这些年默默承受的屈辱，以及与命运抗争时的无奈……

二是这篇小说凸显单一性原则，集中笔墨，细加勾勒，一个"有声有色有脾气有模样的人物形象"（见冯骥才《又冒出一群人》）就立了起来。

六姑是强干的。

她十六岁当兵，"高高的个子，梳着短发，武装整齐，活脱脱的一个彪形'大汉'"。六姑使双枪，百步穿杨，"孟良崮战役中她俘虏过一个班长和两个机枪手"。此外，她还"耕田耙地，样样精通"。

六姑是坚忍的。

离了婚，六姑过得苦，但她并没去找寻一段新的感情，就住在"娘家"，守着那个抱养的女孩，"整天日出而作，日落而息，闲时从不赶集"，或在没事的时候，静静地抽烟……"六姑就是这样单调地慢慢地往前数日子"。

六姑是倔强的。

即便"那男人"跪在床前，自己"脸上挂满了泪珠"，但六姑还是"从牙缝里挤出一个字——'离！'"

从前的男人借出差之便来看她，还"想过几日"，却被抽了两个耳光，又在她"滚——现在就滚"的怒吼声中"灰溜溜地走了"。其实，六姑也只是故作坚强，用坚硬的外壳遮挡着自己内心的脆弱罢了！

行文至此，本可以画上个句号了，但我还是觉得意犹未尽。因为，于颜士富先生而言，能让"文章老"的因素除了上述种种以外，还有一点也是很重要的。那就是：学问高时的"意气平"！

乍看，这两者之间似乎八竿子打不着，但细思起来，关联甚大。《了凡四训》里有这样的一个故事：一个落第的秀才以为自己的文章写得不错，但没有被录取，大骂考官眼睛瞎了不识货。恰巧有个道士在旁边听到了，于是说他的文章一定不好。这个秀才很不服气地说："你没有看到我的文章，为什么说我的文章不好？"道士说："看你心浮气躁，怎么能写得出好文章？"

没错，"文由心生"！一个人的修行深浅，自然会反映在文章风骨里，遣词造句也好，表达方式也罢，无不显露着一个人的学养和性情。

　　和颜士富先生相识快十年了。在我的印象里，颜士富先生是个敦厚的人。偶尔有空，我也会和颜士富先生聚在一起，边喝茶，边聊些有关文学的话题。姑且不论颜士富先生的很多见地或建议让我受益匪浅，单是聊天，也如沐春风。这"春风"里充盈着颜士富先生饱读诗书后的平和，以及人情练达、洞明世事的淡然。

　　也许正因为这份平和与淡然，颜士富先生似乎可以俯视生活，以一种简朴的叙事格调，有滋有味地写着身边的凡人小事，也常常会在不经心、不刻意中铺设传神妙笔。除了《六姑》，颜士富先生还有很多颇为"老到"的作品，如《孽债》《表叔的幸福生活》《辛酸泪》，等等。

前是峭壁，后是悬崖
——评小说《六姑》

叶敬之

叶敬之，江苏省作协会员，中国微型小说学会会员，泗阳县作协副主席，中学资深语文教师，在国内多家报刊发表过文学作品。

当你在山间行走时，突然看见前面耸起一座山来，山尖插在白云里，像一堵墙壁似的挡住你的去路，你是否感到胆寒？当你顺着蜿蜒曲折的山路攀登，试图绕过这座峭壁，走了一段之后，蓦然回首，却发现身后一道悬崖，深不见底……那时，你的感觉如何？

这就是微型小说开头结尾的"峭起突收法"。开头，作者不做平平淡淡的叙述，而是用简洁的语言，把情节的关键地方交代出来，让目光呆滞的读者眼前一亮，让瘫坐的读者像遭遇到电击似的浑身一激灵，迫不及待地往下看去。

比如这一篇《六姑》，开头是这样描写的：

鸡啼三更，草屋里仍亮着微弱的灯。

六姑坐在床上，脸上挂满了泪珠，床前跪着一个男人，屋内死一般的沉寂……

"你起来，"很久，六姑才从牙缝里挤出一个字——"离！"

没有交代，没有铺垫，几十个字就像钢珠一样，当啷当啷地蹦出来，让人心里顿起诸多疑问："离，当然是离婚了。

可是，谁跟谁离婚呢？如果是六姑跟男人离婚，为什么她是从牙缝里'挤'出这个'离'字的，而且脸上挂满了泪珠？如果是男人跟六姑离婚，为什么他要向六姑下跪？他们是为什么离婚的？离成了吗？离了以后六姑怎样，男人怎样？……"

在接下来的情节里，作者交代了事情的来龙去脉。原来，六姑早在战争年代就参军打仗，立功受伤，后来跟一个战友结婚，定居在鲁南农村。

因为受伤，六姑不能生育，她的丈夫才跟她离了婚。离婚之后，回到娘家，六姑没有再婚，而是抱养了一个女儿，过着自食其力的生活。多年以后，六姑的前夫借着出差的机会，来找六姑，六姑款待了他。当天，前夫不走，说要留下来过几天。这时，作者写道：

"啪啪，"六姑竟抽了那男人两耳光，吼道："滚——现在就滚，当心老娘宰了你。"

见此，那男人灰溜溜地走了。六姑望着那男人渐渐远去了。回到屋里，倒在床上，哇的一声哭了，哭声惊天动地。

小说就此结束。欲说还休的结尾真像一道神秘莫测的悬崖，留给我们无穷无尽的想象：前夫为什么想要留下来？六姑为什么不让前夫留下来？不让他留下就算了，六姑为什么要抽他两耳光？男人走了，六姑为什么还要倒在床上哭得惊天动地？

真可谓"余音袅袅，不绝如缕"啊。

我的堂兄有良心

我是靠土里刨食的，遵循着日出而作、日落而息的规律。一年365天下来，掰着手指一算，一年的收成所剩无几。

我有三个孩子，他们的学习成绩都很好，一个个像雨后春笋，腾腾地往上蹿，培养他们，我有些力不从心。

过年了，我有一个堂兄叫孟友，他是大老板，一辆崭新的大奔停在家门口，每次路过他家门前，我都使劲地看上几眼。

一次，我正从他家门前过，正好孟友从门里出来，他热情地递烟给我，说："老二，出去做点事吗？"

"唉，"我叹了口气，说，"在家都蹲憔了，哪知道外面的世界什么样子，就啃这几亩地，只是孩子渐渐大了，经济上有些吃力。"

"是的，光靠种这几亩地肯定是不行的，除了房钱，就没伙钱。这样吧，我在太原有个工程，你看看能不能找一批人去干？"

我一听乐了，连忙说："行啊！"我边答应边想，我老表的老表季明是工头，我把希望寄托在他身上。

"好，"堂兄孟友说，"就这么定了，你把人找好就带过去。"

我没多大的野心，是小富即安的那种人。于是，我去了趟老表家，老表把他的老表季明找到家，说明我的来意。我怕季明心里有负担，申明了我的观点——我说我既不参股也不提成，只是老表赚到了钱，随便给点花花就行。我的申明和他一拍即合。最终约定出了正月十五就动身。

我从老表家回来的路上，一直处于兴奋的状态。很快，过十五了。季明开着小车来接我一道去太原。当晚，我们就到了，孟友很热情，早早地在酒店等着我们了。

对于工程的事我一窍不通，他们谈得很投机。从孟友和季明的脸上，读出他们很愉快。饭毕，我们就告别了太原。

回家后，我一直兴奋不已，老婆都感到奇怪，问我是不是打了鸡血。

人逢喜事精神爽嘛。我故意瞒着老婆，想到时候给她一个惊喜。

然而，几个月过去了，我既没有孟友的消息，也没有季明的消息。

有一天，我在田头碰上了我的一位同学，老同学说：

"最近生活过得怎么样啊？"

我仍然处于兴奋状态，自信地说："快了，生活马上就有改变！"

老同学一脸的茫然。

我还是忍不住，把太原接工程的事说了。

老同学听后，稍微沉默了一下问："你投资了？"

我说："没有。"

"那就好。"老同学说，"这样吧，我打个比方，孟友好比一只巴掌，季明就是另一只巴掌，你呢，就是一只蚊子。"

我一头雾水。

同学看我不得其解，继续说："他们俩一见面，你在中间，血就被挤干了。"

我有点将信将疑。

一天，我去洗澡，在更衣间陡然看到了久违的季明，还没等我开口，季明就爆粗口："你堂兄是孬种！"

我一听，有点懵了，说："你怎么可以这样说话呢？"

"他骗了我。"

"怎么骗你了？"

"我带人去太原干了几个月，工程款一分未给。"

"你什么时候去了太原？"我瞪大眼睛问，"怎么不告诉我啊？"

"你堂兄不让告诉你。"

我一听头就大了，"你被骗活该，也是个孬种！"我竟然也爆粗口，"既然他不让我知道，这个活你就不该干！"

……

这个澡还没洗，已经没有心情了。从此，我内心对孟友有了一个结，这个结也许一辈子不会解。

此后，只要兄弟聚会，哪怕有外人，提到工程的事，我就敏感，表现出愤愤然。

时间能淘洗很多事情，这个结在我心里久了，也就慢慢地淡了，毕竟兄弟一场，多少次试图原谅他，但是又找不到合适的理由。

一次，我弟弟请吃饭，在饭局上说到孟友栽了大跟头，正请他帮忙呢，我一听，表示极力反对，弟弟有些不解。我把过去接工程的事一五一十地说了。

弟弟听后说："你应该感谢他。"

我更加不解了。

弟弟继续说："算他还有良心，没有把你一起骗了。"

弟弟的话，彻底改变了我的看法：从此，对堂兄孟友的结解了。

堂兄真的有良心？！

惜墨如金　点到为止
——评《我的堂兄有良心》

张荣超

张荣超，泗阳县作协名誉主席，中国作协会员，江苏省企业作家协会副主席，宿迁市作协副主席。文学创作一级。
出版长篇小说《春去春又回》《残春》《阳光的味道》《乡下》《蟹肥了》《镇长》《沧桑》《活着不易》等，长篇报告文学《美德载梦》，散文集《留下青春的脚印》《阳光的颜色》《张荣超散文自选集》等。
荣获吴承恩文学奖，楚凤文学奖，《小说选刊》短篇小说奖，《中国作家》长篇小说奖，《安徽文学》奖，江苏大众文学奖，江苏省第九届、第十届"五个一"工程奖，梁斌文学奖等。

细读《我的堂兄有良心》有以下几个特点：

一是平民化的文本语言。士富小说创作三十余载，积累了大量的小说文本，一以贯之的平民化文本语言表达值得褒扬。如本文中"掰着手指算"，这个"掰"非常传神，反映了底层人物鲜活的生活质感。再如"就啃这几亩地"，"啃"这个字是吃东西的姿势，但用在种地上，就有了新意，表明农民惜地如命和种地时的艰辛，也可表明农民与土地的依存关系。

二是点到为止的故事叙述。文中叙述"我与孟友和季明"三人之间合伙做工程的故事。按常规常理，讲好这个故事有很多的话要说，但作者惜墨如金，点到为止，用"田头碰到同学"，再用"澡堂爆粗口"两个转折，短短几十个字就将一个社会生活中偌大的故事收缩在千字文本中，体现了作者的功力，也赋予了文本想象的空间，给予了文字背后更多的思考。

三是敞开式的结尾耐人寻味。"堂兄真的有良心？！"其实无论从文本表达上，还是几个人物对话上，都看不出堂兄在这项工程中的具体"作为"，文本的这个结尾，不是结果，它留给人们更多的思考。这个结尾，也不是答案，是问题，具体的答案可能是两种，一种是"有良心"，一种是"没良心"，作者把这个答题的任务交给了读者，留给了后人，也许不同类型的人能读出不同的答案。这就是文学的反哺作用。

表叔的幸福生活

我的表叔 30 岁仍没有娶媳妇。

男人一旦过了年龄，就是个老大难了。表叔的弟弟妹妹看着表叔孤身一人，心里甚是不安。

一日，表叔的弟弟妹妹商定，要替表叔从人贩子手中买一个女人。

表叔坚决反对。

热心的弟弟妹妹却一意孤行，表叔反对无效。

是夜，月黑风高，一辆三轮车在乡间的小道上颠簸着，拐了几个弯又爬了一个坡，坡的那边有一间护林小屋，三轮车就在这停下了。表叔的弟弟付了钱后，就把一个女人架到了三轮上。

三轮又在乡间的小道上风驰电掣般地跑着。下了坡后，又拐了几个弯就到家了。表叔的弟弟像老鹰抓小鸡似的把女人从三轮上拎了下来，接着把她关在表叔的房间，说："这就是你的家了，若有不从，小心你的皮肉之苦。"

女人吓得浑身发抖，蜷缩在床角，低垂着头流泪。

表叔的弟弟妹妹走了，表叔把门闩上，从橱子里抱出两床薄被，向床上的女人走来，女人下意识地捂着前胸，两眼哀求地望着表叔。表叔把被放一床给女人，又把另一床被放到沙发上，说："睡吧，我睡这边。"

女人两眼呆呆地望着表叔，没有回答表叔的话。表叔和衣睡下，瞬间就打起了呼噜。

天明，表叔醒来，只见女人仍然蜷缩在床角，睁着一双惊魂未定的眼睛。女人彻夜未眠。

表叔说："我去做早饭。"

不一会儿，表叔端着一碗面条外加两只荷包蛋递给女人，说："吃吧。"

女人仿佛没有听懂表叔的话，更没有伸手接表叔递过去的碗。

"我不会伤害你的。"表叔说着把面条放在床头柜上，"果子快熟了，等下了果子就给你回家的路费。"

早饭后，表叔的弟弟妹妹都到了，围着表叔问长问短。

表叔叹了口气，说："这个女人怪可怜的。"

"哥，你可别犯傻。"妹妹说。

"你们别再搅和了，哥就打一辈子光棍，也不能做伤天害理的事，你们回吧，回吧。"

表叔的弟弟临走还瞪着眼睛对女人说："放老实点，小心……"

"去，去……"表叔把弟弟妹妹都攥出了大门，"这儿没有你们的事，该干活就去干活，少操闲心。"

时间过得很快，又到了晚上。女人仍然蜷缩在床角。

表叔打了盆热水说："妹子，洗洗脚吧。"表叔把盆放在地上转身出去了。

这夜，表叔仍然睡沙发。

日复一日，表叔每天都在重复着昨天的动作，没有要跟女人那个的意思。渐渐地，女人觉得表叔不像是坏人，于是，女人开始下床，主动帮做些家务。

一日早饭后，表叔对女人说："今天我去赶集，你在家把门看好了。"

女人点了点头算是回答。

中午，表叔从街上回来时，女人不见了，表叔心里就急。

表叔房前房后地找，就是没有女人的踪影。表叔心想坏了，难道女人寻短见了，便顺着果园向前面的小河寻去。当表叔走到果园中的一棵桃树前，只见地上有三四个新鲜的桃核。表叔向上望，女人正朝着表叔讪讪地笑，随手摘了一个大仙桃扔给了表叔，表叔接过桃子满脸地灿烂……

晚上，女人把床铺好，又把沙发铺好，女人对表叔说："你睡床上，我睡沙发。"

"不，我已习惯睡沙发了。"表叔说。

虽然女人对表叔不再警惕，但是，表叔在女人的眼里仍然是一个未解的谜。

表叔和衣睡在沙发上。

女人不再蜷缩在床角，也和衣睡在床上。

"哎，"女人终于先开了口，"你为什么独身？"

"你真想了解我的身世？"

女人点了点头。

于是，表叔开始讲述他的人生——

我姑奶嫁给姑爹后，姑奶多年没有生育，姑奶就抱养了一个男孩。这个男孩就是我现在的表叔。

姑奶对表叔非常地疼爱，如同己出。在表叔 7 岁那年，我姑奶陡然被病魔夺去了生命。

姑奶走后，姑爹又续了一个，后续的姑奶叫潘芹，潘芹没有我从前的姑奶善良，对我年幼的表叔狠狠的。

潘芹嫁给姑爹的当年就生了一个胖娃，后来生养更加勤奋，给我表叔连续生下来四个弟弟、两个妹妹，因此，表叔的日子就更苦了。表叔整天哄弟弟妹妹，抽时间还得做些家务，从此，表叔就跟学堂绝了缘。

一日，表叔正带着弟弟妹妹玩，从小西屋传出男人声嘶力竭的吆喝声和女人撕心裂肺的哀鸣……

表叔从门缝窥见——

潘芹被吊在梁上，姑爹正用小树条狠命地抽打，每一次抽打，潘芹白净的皮肤上就留下了一条条红"皮筋"……

表叔第一次见到姑爹的凶残。姑爹为什么这样凶残地对待女人？表叔弄不明白。

不久，潘芹撇下我表叔四个弟弟两个妹妹走了，是跟庄东头的一个小木匠走的。

表叔18岁那年才弄明白，姑爹为什么那么狠地对待潘芹，原来潘芹与小木匠幽会给姑爹捉住了。

潘芹走后，表叔就承担了做妈妈的责任。每天做饭、洗衣、喂牲口、干农活。

时光荏苒，表叔的弟弟妹妹一个个都成人成家，他们从闲言碎语中悟到了潘芹为了偷情撇下了他们，就恨透了潘芹，他们不再思念潘芹了，却更加敬重我的表叔。

女人听了表叔的叙述后，不禁动了怜悯之心，为他也为自己暗暗地垂泪。

表叔长长地叹了口气，说："命就该如此。等下了果子就给你回家的路费，你的家人也在为你焦急呢。"

"你真的想让我走？"女人问。

"真的。"表叔说。

"如果真的想帮我，你明天就给我家挂个电话，我哥会来接我的。"女人说着递给表叔一个电话号码。

次日，表叔拿着电话号码就奔街上的邮局走去。

半月后，女人的哥哥真的来了，还带来了两个公安。

公安一进门，就亮出了手铐，把表叔铐了起来。

见此，女人慌忙拦住警车，对公安说："请把他放了，他不是坏人。"

听了女人的一番话，两公安了解了事实后，把表叔放了，警车鸣着笛，载着女人走了。

表叔看着女人走了，陡然感觉心里空落落的，好难受，不禁呜呜地哭了起来。

女人走后，表叔好多天缓不过神来，心里有一种莫名的感觉，是他三十年来从未有过的。此时，他才真正地感觉到离不开这个女人，这个女人已闯进了他的生活……

一日，表叔把熟了的果子装上平板车，套上驴，拉着车，向村头走去。突然，他被村头远远走来的一个女人惊呆了。他揉了揉眼，又掐了掐大腿，不是做梦，那个女人真的回来了。

那是公元一九八三年七月八日。从此，表叔和那个女人开始了幸福生活。

小小说大世界
——评小说《表叔的幸福生活》

孙　仲

孙仲，江苏省作家协会会员，江苏省文艺评论家协会会员，沭阳县作家协会副主席。出版过影视评论集《点到为止》、文艺评论集《成长的审美》、时事评论集《表达时代》。

颜士富的小小说《表叔的幸福生活》，就跟他众多的小说作品一样，简短清新，高雅别致，由小见大，由浅入深，耐人寻味，令人深思。

小说取材于社会上经常可见的"买媳妇"现象，很容易让人联想到身边类似的人和事。曾几何时，在一些农村，只要谁年龄大了仍未娶上媳妇，家里人乃至族人便会想方设法，花钱从人贩子手中为其买媳妇，助其完成结婚生子、传宗接代之"大业"。如果不是公安部门打击力度越来越大，或许直到今天，"买媳妇"之风仍会盛行。

只不过，小说里的表叔似乎有点另类，对于"买媳妇"不以为然，相反却对家人帮其买来的媳妇付以同情、怜悯之心，从第一天便主动与其分开而居，不去惊扰她，还向她保证"等下了果子就给你回家的路费"。而到了最后，当表叔真的联系上这个女人的家人，还她自由身以后，她却回心转意，心甘情愿嫁给表叔，两人从此"开始了幸福生活"——他们在此前这段时间的接触与了解中，已互生爱慕之情。

有情人终成眷属！这样的爱情故事不仅令人感动，也令人备感欣慰。

想想现实中，有多少外地女子因不幸被人贩卖，误为人妻，苦不堪言，忍气吞声过着背井离乡、做牛做马的生活，有朝一日得以自由，却已是子女成群，甚至是儿孙满堂，再也回不到故乡，回不到从前。而这样的案例，在央视热播的大型寻亲节目《等着我》中曾多次出现。所以说像小说中这样，因为一场非法的"买媳妇"交易而成就了一段美满的婚姻，倒也不失为不幸中的万幸。

这样的美好结局并非单纯虚构，现实中也是可以找到原型的。笔者就有一位亲戚，当年也曾身陷"买媳妇"窘境，得知女方是被人从外省哄骗过来的，于心不忍，便终止了买卖——借口是家穷，拿不出钱。谁知女方感动于亲戚的善良、实在，离开后竟然摆脱人贩子的控制，跑上门来，一分钱不要自愿嫁给了亲戚。如今，他们一家过得非常幸福，深得邻里好评。这也从一个侧面证明，作者的小说创作是有生活、有基础的。

小说创作靠情节设计与细节描写取胜，从这篇作品可窥一斑。通篇仅有短短两千余字，却塑造了多位人物，描写了多件事情，涵盖量不可谓不大。作者以表叔的婚姻大事为线索，将他的过往经历、家庭变故以及养父、养母、后娘、后娘子女等人之间的爱恨情仇娓娓道来，且层次分明，乡土气息浓郁，将农村一隅的生活景象生动地呈现在了读者面前。

小说中的这个女人，为何会由恨生爱，最终愿意嫁给表叔呢？表叔没有伤害她，反而待她好，并帮她联系上家人，助其回家，这只是其一。其二，是表叔的过往经历及人格魅力深深打动了她，感化了她，这才是最主要的。这是小说的主线，也可以说是主题——

正所谓"这世上没有无缘无故的爱，也没有无缘无故的恨"！而讲清这个问题的过程，也是展现养父、养母、后娘、后娘子女等众生相的过程——尽管这段文字依然简短。不妨梳理如下：

"我姑奶嫁给姑爹后，姑奶多年没有生育，姑奶就抱养了一个男孩。这个男孩就是我现在的表叔。"原来，表叔是被人抱养的。他的亲生父母是谁，在哪里，为何将他遗弃，这些在作品中没有交代，反而让人对表叔油然而生恻隐之情——想必小说中的女人，也是由此对表叔转变看法，渐生情愫的。

"姑奶对表叔非常地疼爱，如同己出。在表叔 7 岁那年，我姑奶陡然被病魔夺去了生命。"短短数语，把姑奶这一慈母形象生动刻画了出来。然而天有不测风云，姑奶的英年早逝，不仅令人惋惜，也为表叔后来的命运多舛埋下了伏笔。

"姑奶走后，姑爹又续了一个，后续的姑奶叫潘芹，没有从前的姑奶善良，对我年幼的表叔狠狠的。""潘芹给我表叔连续生下来四个弟弟、两个妹妹，因此，表叔的日子就更苦了。表叔整天哄弟弟妹妹，抽时间还得做些家务，从此，表叔就跟学堂绝了缘。"

这两段话，不仅交代了表叔复杂的家庭成员关系，也暗示表叔因为家庭的拖累，成为一个辍学之人。而在农村，如果一个人不能上学，没有文化知识，命运是可想而知的，更不要说出人头地。这是表叔的不幸，也是后来那个女人同情他的一个因素。

"潘芹被吊在梁上，姑爹正用小树条狠命地抽打，每一次抽打，潘芹白净的皮肤上就留下了一条条红'皮筋'……

"表叔第一次见到姑爹的凶残。姑爹为什么这样凶残地对待女人？表叔弄不明白。"

姑爹为何会忽然凶残地对待女人呢？不光表叔弄不明白，读者似乎也有点摸不着头脑。这像是一个插曲，实则是一个悬念，对故事的后续发展至关重要。

"不久，潘芹撇下我表叔四个弟弟两个妹妹走了，是跟庄东头的一个小木匠走的。表叔18岁那年才弄明白，姑爹为什么那么狠地对待潘芹，原来潘芹与小木匠幽会给姑爹捉住了。"前面的悬念一下子揭开，原来是潘芹出轨。这对于老实巴交的姑爹来说，无疑是个沉重的打击，也是极其丢脸的事，难怪他要那么狠地打潘芹。不过更让人匪夷所思的是，为人妻母的潘芹为何没能痛改前非，而是一意孤行，竟然丢下六个孩子（若再算上表叔，则为七个），与人私奔？

作者如此刻画一位狠心母亲及后娘的形象，当然不只是为了批判生活中那些薄情寡义、不守妇道的女性，而是为了给表叔的自强自立、独善其身做铺垫，做陪衬。因为接下来就讲到，"潘芹走后，表叔就承担了做妈妈的责任。每天做饭、洗衣、喂牲口、干农活。"俗话说"家有长子，国有大臣"，表叔从此以大哥的名义担起了照顾弟弟妹妹的责任，也撑起了这个不完整的家。

当然，在小说的回忆部分，还有这样一段文字："时光荏苒，表叔的弟弟妹妹一个个都成人成家，他们从闲言碎语中悟到了潘芹为了偷情撇下了他们，就恨透了潘芹，他们不再思念潘芹了，却更加敬重我的表叔。"这段文字，不仅割裂了表叔的弟弟妹妹与潘芹之间的亲情，也反映出表叔在弟弟妹妹们心目中的位置与分量，同时为小说开头"表叔的弟弟妹妹商定，要替表叔从人贩子手中买一个女人"做出了合理的解释。

至此，表叔的光鲜形象完美地展现了出来。这样一个朴实憨厚、忍辱负重的男人，本是一个值得托付终身的理想伴侣，却由于家庭贫困等原因而"30岁仍没有娶媳妇",不免令人伤感。所以说,那个女人被家人接回家以后,又执着地回来,自愿嫁与表叔,是一个非常明智的选择。与其说是表叔的幸福生活,不如说是这个女人的幸福生活。

由上观之,小小说也是个大世界,不仅内涵丰富,而且大有可为。正如冯骥才所言,"中国的小说大厦靠四个柱子支撑起来,分别是长篇、中篇、短篇和小小说。"而在小小说创作上,河南郑州有"小小说的故乡"之称。30年来,小小说文体从小到大,从弱到强,郑州也从小小说的"专卖店"进化为"中国小小说创作中心",郑州小小说已经由一个文化符号成为城市的"文化名片"。

这对广大的小小说创作者来说,无疑是个启发与鼓励。具体到我们宿迁,更值得有关各方思考,小小说创作,也可作为一个目标来追求。颜士富主席多年来执着耕耘于小小说领域,佳作颇丰,先后出版《足迹》《苍生》《师魂》等作品集,并且多次获奖,令人钦佩。本文以其《表叔的幸福生活》为例,简单进行评点,实是为了抛砖引玉,期待更多的读者朋友来关注和评点他的小小说,为推动我市小小说创作的繁荣发展群策群力。

八爷

秋高气爽，万道霞光洒在广袤的田野上，金黄色的稻穗像驼背的老人笑弯了腰。又是一个丰收的好年景，农民朋友们的脸上洋溢着丰收的喜悦。

八爷反剪着双手徘徊在自家的田头。稻子如同响应计划生育号召，株株单棵独苗，穗子如同难产的孩子只抽了半截。看着自家田里直头直脑的稻子没有一点儿的顽皮劲，八爷怎么也高兴不起来，心情沮丧透了。

种的是同一家种子，又是同一块土地，产量相差太大，八爷不服。

人们常说，不是一家人，不进一家门。娶媳妇、嫁汉子是这个理，难道土地长庄稼也要看人？八爷吝啬，八爷的土地也吝啬。

的确，方圆几十里没有人不知道八爷的吝啬，关于八爷的吝啬还有一个故事呢。

那是大集体时代，八爷省吃俭用，买了辆三轮车，邻近的几个村有谁家娶媳妇他的车就派上了用场，一次也能挣个两块喜钱。挣来的钱八爷舍不得用，他把钱如数地交给八婶保管。八婶先是把钱塞进一只破棉鞋里，后来逐渐聚得多，约莫有50元，八婶觉得放在鞋里不安全，又琢磨着把钱转移到锅夹洞里。几天过后，八婶还是不放心，又把钱用手绢包起来，塞进刚分来的一袋小麦里。

一天，八婶出去打猪草，八爷收工早，觉着没有什么事做，看着刚分来的一袋小麦，他心里就盘算着还能卖上十几块钱。当他算出十几块钱时心里就兴奋，毫不犹豫地把一袋小麦搬上了三轮车，踩着车子向集市跑去。

八爷把 50 元钱连同一袋小麦 12 块钱给卖了。

八婶回来得知小麦被八爷卖了，一屁股坐在地上哭了。八爷明白了此事后，捶胸顿足，哭得更凶。

这就是八爷。

这件事已经过去几十年了，仍然被人们茶余饭后传为"美"谈。

现在，八爷看着邻居的稻子长得如壮小伙子似的，沉甸甸的，心里怎么也不平衡。他要去县城找种子公司理论，坚决讨个说法。

八爷来到种子公司，公司正在开会。领导不见八爷，八爷就等。等到了天黑，终于散会了。有一领导问八爷有什么事，八爷开门见山地说："你们家卖了假种子，我是来索赔的……"

领导还没等八爷把话说完，就打断了八爷的话说："简直是无稽之谈。我们公司视名誉如生命，你不能信口雌黄啊。"领导冷冷地丢下这话，就钻进了"小甲虫"，屁股一冒烟就溜了。

八爷半天才回过神来，再看已不见那辆"小甲虫"的踪影了。

"呸，"八爷朝"小甲虫"跑的方向狠狠地吐了口唾沫，跺着脚骂道，"狗日的跑了和尚跑不了庙。"

八爷气呼呼地走出种子公司的大门。

大街上，五彩斑斓的霓虹灯快速地变幻着。八爷无心欣赏这美丽的夜景，沿着街道向前走。

"大爷，坐三轮车吗？"一辆三轮车尾随着八爷。

八爷无心搭理三轮车。

三轮车以为八爷没听见，又说："上车两块钱，把你送到你要去的地方。"

八爷仍然没有搭理三轮车，心里却在悄悄地骂：你个龟孙子，我踩三轮时你还不知在哪个娘胎里呢，想当年，带个新娘也就两块钱，现在两块钱也还够两个茶叶蛋外加两块烧饼呢。

三轮车看八爷没有反应就走了。

这时，往乡下已没有公交了；即使有，八爷也没有回家的意思，他要到县政府找县长告状。

八爷徒步走到了县政府，门卫不让进，问清了情况后说："今天已经下班了，明天你到信访局反映就行了。"

八爷问清了信访局的位置，买了两包烟，在信访局的门口蹲了一宿。

次日，信访局的同志接待了八爷，说："你所反映的问题，属合同纠纷，应走法律程序解决。"

八爷一听要交法律部门，头就大了，心想又在踢皮球了，他瞪着眼睛要发火。

工作人员看出八爷情绪在变化，耐心地说："大爷，别着急，我们替您联系司法局，让他们给您办个法律援助，为您讨说法。"

当八爷弄明白免费找律师，脸上就有了笑意。

八爷带着律师来到了田头。律师看了八爷的稻子与邻居的差别确实太大，就采集一些标本，来到了村农技员家。

邻居听说有一位律师免费为八爷讨说法，都纷纷跑来看热闹。

农技员对律师说："种子的原因可能性不太大，我们几十户都是用的同一家种子，唯独他家出了问题，应该找找其他原因。""找这个原因不难。"一个老头从人群中挤了出来说，"都是庄户人家，祖祖辈辈靠土里刨食，土地这东西，只要把它侍弄好了，对谁都不偏不倚。就拿我自家的地说吧，我使用的磷混复肥是国家免检产品，用了之后，庄稼长势喜人，抽出的穗头大，粒饱满，连续几年亩产都在1200斤以上。根据八爷家的情况看，稻子单株独苗，说明土地基肥不足，就像人患了营养不良，得了贫血病一样面黄肌瘦……"

"胡扯，"八爷打断了老头的话，"我下的肥又不比你家少！"

"你呀！"快嘴婆张大妈说，"别揣着明白装糊涂，你施的是什么肥？只要便宜管它有没有效果呢。"

"哈哈哈……"

快嘴婆话音一落，围观的群众笑得前仰后合。

群众的七嘴八舌，不是没有道理，律师感觉这个问题很复杂，问八爷："你下的肥料家里还有吗？"

"有。"八爷说。

律师从八爷家把肥料样品连同稻子标本带回了县城。

三天后，律师给八爷的村里挂了个电话，说："经检验，八爷种的种子没有问题，肥料是劣质产品，向种子公司追诉是没有道理的。可以起诉卖假肥的。"

原来八爷为了贪图便宜，在家门口购买了一商贩向他兜售的肥料。因是流窜售假，一时很难查找。

追查了好多天，竟是一桩无头案，八爷想讨个说法已成泡影。

面对如此的损失，八爷精神陡然崩溃，一气卧床不起。

一日，一辆小轿车"咔"地停在八爷家的门口，从车上走下三个人，其中一位慈眉善目的来到八爷的床前，深情地说："秋收是农民一年的盼头，你因肥料使用不当而造成了很大损失。一方有难，八方支援。"说着拿出一个信封递给八爷，"这是我们公司全体员工的心意，用它买点种子吧，肥料免费给你送来了，余下的钱给你的生活作点补贴吧。种田一定要讲究科学，购买种子、农药、肥料都要认准品牌，从正规的经销商店购买，在农技员正确指导下使用。今后，我们公司将定期请专家到田头为你们无偿服务。相信，只要对土地不吝啬，土地就会奉献……"

奇怪，八爷没有吃药没有打针，病竟然好了，有人说八爷得的是心病。

秋播开始了。

八爷早早地起了床，推上自行车去村里的便民农业技术连锁店购买种子。

八爷在农技员的指导下种了麦子。不久，绿油油的麦子长出来了。经过一个严冬，杨树吐翠、小草泛青的季节又来临了。该给麦子施肥了。八爷推着磷混复肥走在村头的小道上。

"突突突……"一辆三轮车载着一车肥料向八爷驶来。

这是肥料贩子在兜售肥料。八爷定睛一看，开三轮的不是别人，正是卖给他假肥料的那人。真是踏破铁鞋无觅处，得来全不费功夫。

八爷急中生智把车子朝路心一横。见此情景，三轮车停了下来。

"你小子把我害苦了，"八爷狠狠地说，接着他转身对八婶说，"快，去叫村干部来，别让这小子跑了。"

后来，卖假肥料的那个小子就被扭送到乡工商所。因制假售假，那小子被追究了刑事责任。在肥料公司的帮助下，八爷向那小子追诉了民事赔偿。

黄金的五月到了，又是一个收获季节。八爷看着饱满的麦子，心里不禁感慨万千，农民赖以生存的土地啊！你是最有良心的呀，只要给你一点点，你就奉献很多很多！八爷弯下腰，捧起一把土凑到鼻尖嗅了嗅，一股泥土的芳香沁人心脾。八爷陶醉了，宛如饮了一杯甘甜的美酒。八爷把土贴在脸上，一行老泪就从八爷的腮帮挂了下来……

八爷的问题与农村的希望
——评小说《八爷》

安石榴

安石榴，本名邵玫英，黑龙江省作家协会会员。在《北京文学》等刊物发表小说若干。曾获得黑龙江省文艺奖、小小说金麻雀奖等奖项。出版过小说集五部。

颜士富的小说《八爷》，写了一个农民，甚或说他写了一个旧农民的形象八爷。为什么说是一个旧农民呢？因为他的思想和观念陈旧僵化，贪图小便宜买了假化肥，以至于欠产歉收，真是中了"贪小便宜吃大亏"这一招。这还没有完，仅仅是个开始，是故事的起因。

我们知道，思想和观念的陈旧和僵化，必然会影响人的分析问题、解决问题的能力。果不其然，八爷没有找准问题，他并不知道这要从自身查起，尽快找准问题，尽可能地挽回损失，然后反思反省，接受教训不再犯错。如果这样他就回归到新时代农民的队伍中了。我们说八爷是个旧农民（虽然他生活在新时代），因为他选择了旧农民解决问题的方法，那就是把问题一股脑地推给别人，因此我们看到八爷一门心思去索赔，那是决心蛮大，任谁也拉不回的。于是他先去种子公司，再去县上上访。这一套路，似乎不符合当下形势了，所以我们说无论从思维还是行动上看，八爷都不具备新型农民的特征。

那么问题就来了，我们不禁要问，作家颜士富为什么要写这样一个人物呢？出于什么考虑呢？

我们看到了另一个线索。剖析一下，可以看到一个完整的新农村体系，颜士富正是通过这个线索，展示他真正的写作目的。

八爷去种子公司讨说法，实际上就是要讹人的，但是种子公司经理断然拒绝了。种子公司为什么能够断然拒绝呢？人家底气足。为什么底气那么足？因为人家已经不是从前那个恶名远扬的坑农种子公司了（这个在从前的农村是常见的），种子公司心知肚明自己种子的质量过关，没有问题，所以拒绝八爷也就理直气壮很不含糊。这个细节，揭示了真相，就是他们的底气，来自新农村建设的长足进步，来自党和政府抓农村工作的力度和成效，也就映射了新农村的气象。

同样地，八爷去县政府上访，信访局的同志并没有压制他（压访也是从前信访工作常见的工作方法），而是帮助他，给他联系了司法局的法律援助，让八爷通过法律手段解决问题。这个细节的设置，目的性也是非常强的。但作者用了一种非常温和客观的叙述策略，使这个目的的达成非常自然随和并且真实。

这个体系里的最后一环是律师实现的。律师通过合法手段揭开了真相，使八爷最终正视自己的问题：买了假化肥的这个事实（在这里我们也不能忽视另一个重要的细节，就是村民。村民在批评或者说评价八爷行为的时候，表现出来的完全是一代新型农民的形象了，他们重视科学，懂得科学，正直勤勉，与八爷也是非常妙的对比和烘托）。

但是，颜士富并没有结束故事，而是把故事又引向了一个新的境界。一个关注农村热爱农村的公司帮助八爷弥补了过错，八爷展开了新一季的耕种，终于丰收在望，走上了正路。而我们读者看到这里，已经读出了农村社会的美感了，它朝气蓬勃，充满了爱和希望，因为它是这样的一个农村：规范的，有责任的，勇于担当的，并且是满满正能量的丰收的农村。新的农村，新的气象，就在这样两条线索的交织和对比中显现了。我个人认为这是这篇小说的真正意义所在。

我觉得农村小说写出新格调并不容易。看起来农村社会广阔无边，内容丰富多彩，但是要敏锐地抓住那些独特的，尤其是又要契合新时代精神的农村题材，并不是一件容易的事情。所以，我认为《八爷》在这个方面做了一个很好的尝试。

裁缝

其实薛裁缝并非裁缝，他连缝补丁也缝不像样。真名叫薛二，是粮管所的收购员。

每年收购两季旺，即夏季和秋季，这时吃香喝辣的就数收购员了。

当征购任务一落实，政府天天要进度，村村争先恐后想冒尖，就死命地压着村民到粮管所卖粮，并限期完成，谁家拖了村里的后腿就挨罚款。老百姓把粮食拖到粮管所不管价格高低，顺顺当当地把粮食卖了就算烧炷高香了，当然求亲托友也能卖个好价钱。

收购时，薛二手里拿着扦样器，往仓库门前一坐，周围的老百姓接二连三地敬烟，一会儿桌子上就堆满了香烟。薛二连眼皮都不抬，手里的扦样器"啪啪"地刺入口袋，嘴里不停地说："晒、晒、晒……"不一会儿，就退回了一大批粮食。

六月的太阳很毒，晒场上摊满了被退回的粮食。在场上晒粮的农民手一抹就是一大把汗珠，心里直埋怨日头下滑得太慢。

薛二正又将扦样器刺向一只口袋时，突然一个甜甜的声音飘过来："会计呀！我把口袋解开给你看。"

薛二手里的扦样器在空中陡然停止了运动，只见说话的是一位年轻的少妇。少妇弯腰解口袋时，两只活蹦乱跳的"小兔子"就从领口现了出来，薛二眼神拼命地从领口往里挤……

"会计呀，您看看啊！"少妇说。

薛二半晌才缓过神来，伸手抓了一把，瞄了瞄后，一把拽过少妇的手，轻轻一翻掌心向上，将粮食放在少妇的掌心，另一根手指在少妇的掌心一粒一粒地拨弄，嘴里不停地说："你看，这是不完善粒，这是石子，这是……"此时，少妇只感觉手心很痒，不由自主地缩回了手。

"哪村的？"

"王庄的，会计，我可认得你哩。"

"唷，是前庄的，我把粮食给你收了，下班后我们还同路呢。"

"我等你一路走。"

少妇仿佛是福星，自她的粮食收了后，后面的粮食也就很少退回。

六月的天说长也长，说短就短，不知不觉日头直往下落。薛二打扫好仓库，把门关上，这时卖粮的几乎都走了，唯独少妇还等候他一路回家。

薛二推着自行车，一路上和少妇叙不完的家长里短。

走着走着就到了庄后，少妇客套地说："到家了，去我家吃晚饭？"

"你等等，"薛二说，"你身上的衣服挺漂亮的，在哪个缝纫店做的？我想替爱人做一身。不知你的腰围多大？"

"这儿也没有尺子好量。"少妇腼腆地说。

"不要紧，我拃一拃就有数了。"薛二说着就用手去拃少妇的裤子。

少妇手捧着上怀，极不自然地让薛二拃来拃去。

薛二见少妇没有反应，手就伸到了胸上，少妇陡然变了脸，骂了句流氓，挣脱了薛二的手跑回家。一会儿就来了四五个身强力壮的大汉，把薛二一顿揍得鼻青眼肿，好多天出不了门……

自此，薛二就不叫薛二了，人们叫他裁缝。

"裁剪"人生
——评小说《裁缝》

张联芹

张联芹，笔名花无语，绝句小说新文体学会（筹委会）执行会长兼理事长，白山市作协会员，《西南作家》《中国魂》《山风》编委，《作家周刊》网站责任编辑。作品刊发于《微型小说选刊》、《检察日报》、《星星·散文诗》、《羊城晚报·花地微小说》、《新青年》、《山东文学》、《微型小说月刊》、《作文周刊》、《河南经济报》、《厦门日报》、《你我她》、美国《伊利华报》等国内外报刊。作品在全国征文比赛中多次获奖。

文学即人学，只有深植于生活的作品才会入心动心，而颜士富先生的微型小说《裁缝》便是这样的作品！

从题目来看，裁缝——也许裁剪的不仅仅是衣服，还可能是"人生"。题目设伏，引人遐思，勾起读者阅读欲望。可作者并不想就此作罢，接着在开篇写了"其实薛裁缝并非裁缝，他连缝补丁也缝不像样"。不是裁缝，那他是谁？这种冲击力和反差是巨大的，也是持久的，这也是读者与作者的第一次心理交融。原来，薛裁缝是会计，问题接踵而来，他是会计大家为什么叫他裁缝？这里，伏笔设置贴切而强大。

通过下面的几段话，我们知道了薛裁缝很有实权，每次收粮都是他展现"权力"的时候：他连眼皮都不抬，手里的扦样器"啪啪"地刺入口袋，嘴里不停地说："晒、晒、晒……"不一会儿就退回了一大批粮食。这个特写具有强烈的画面感，让读者对薛裁缝的性格有了一个大致的了解，可这仅仅是"粗描"。为了让读者对薛裁缝这个人物有更深刻的了解，作者可谓是"煞费苦心"。他先是翔实而生动地描写了薛裁缝收粮时的表情、动作，乃至于心理语言和情感，接着又塑造了年轻村妇这个艺术形象。村妇这个人物着墨不多却血肉丰满，她先是用甜甜的声音引起薛裁缝的注意，接着又漫不经心地让胸前那对"小兔子"从领口探出来，把薛裁缝的眼神和心勾了过去。

文学作品离不开细节，而细节的描写又是整部文学作品成败的关键。注重细节的描写，让人物在细节中鲜活、情节在细节中陡转波折是颜士富作品的一大特色。

薛二半晌才缓过神来，伸手抓了一把，瞧了瞧后，一把拽过少妇的手，轻轻一翻，掌心向上，将粮食放在少妇的掌心，另一只手的手指在少妇的掌心一粒一粒地拨弄，嘴里不停地说："你看，这是不完善粒，这是石子，这是……"村妇手微微抖，一定很痒，缩回了手。

一伸一拉一缩之间，就将薛裁缝的色心、野心、坏心以及他以权谋私、自私自利的形象表现得淋漓尽致，也让村妇委曲求全、忍气吞声的无奈之感跃然纸上。可这还不够，薛裁缝还有更让人瞠目结舌的做法呢。什么做法？就是为村妇"量身子"：薛二说着就用手去拃村妇的裤子。村妇手捧着上怀，极不自然地让薛二拃来拃去，由下往上。薛二见村妇没有反应，手就伸到了胸上。

笑点一触即发，可在狂笑之余我们的心也痛了。像薛裁缝这样的人现在还少吗？

痛揭社会疮疤，震撼灵魂是颜士富作品的另一大特色。关于薛裁缝的人品和官品（起码在老百姓的眼里算官）作者没有过多评述，而是把思考留给了读者，让读者在品读间去体会正义的力量，从而展开了一场正义与邪恶、丑陋与美好、公与私、情与法之间的较量。由此，我们想到，什么样的人生才算精彩，什么样的人生才不算虚度……也许，人生也如锦缎一般，需要不断裁剪。那么，又该怎样去裁剪人生的锦缎呢？

村主任

楼西村主任老徐从乡政府大院出来，心里就窝着一团火。回村后连家也没沾就去找了旺青，他对旺青说："你看你咋搞的，觉悟那么低，交售定购粮是我们应尽的义务，你不能拖我们村的后腿……"

"哎呀呀，徐主任哪，"老徐的话还没说完，旺青的媳妇就搭了腔，"你可不能扣我们的帽子，我倒要问你哩，二宝家售粮被扣31斤，我家的塑料口袋每只也要去2斤，一气，叫我拉回来了，你看看这是'驴不推还是磨不转'？你受了乡里的气，可不作兴再倒给孩他爸……"

"不管怎么说，粮食还是要卖的，问题嘛，我可以向上一级反映。"

旺青的媳妇又要说，被旺青制止住了，他说："卖，我这就去卖，决不拖村里的后腿。"

"哎，这就对了。"老徐说话间推着自行车高高兴兴地去西荡了。

西荡是旱改水，通往西荡翻水站的线路老是出毛病，时不时地跳闸。

老徐派人去农电站找电工，跑破了一双鞋也无济于事。有道是"芒种忙忙割，夏至无一棵"，老百姓怨声载道。老徐心里一急，叫旺胜拖百十斤鱼给农电站送去，结果电就没停，稻没要三天全插完了。

老徐脸上露出了笑容，心里感叹：1500亩水稻有收成啦！

老徐从西荡还没到家，小学高校长就追来了，暑假改建校舍经费不足的事还要请村里帮忙解决。老徐一听，忙表态说："俗话说百年大计，教育为本，关系到子孙后代的事，这事得办。"

老徐说办就办，他召开村组干部会，决定人均10元。在筹款时却遇到了一定的难度，农户说："孩子上学没完没了地要钱，这些钱都咋用了，我们有多少钱哪？"老徐听了这些话，就笑呵呵地说："咱想孩子有出息哩，没文化就出息不了，为了孩子的将来，可不能计较斤把猪肉的钱……"

老徐刚落实好建校款的事，供销社、计生办、土地办等一些单位部门的事又接踵而来，老徐忙得屁颠颠的，有时连饭也顾不上吃。

转眼就到了秋天。食品站毕站长找到了老徐，说："为了春节的市场供应，保证乡财政收入，生猪控制外流，要求村里逐户统计，限制村民对外出售。"

一听这话，老徐心里就犯嘀咕。涉及乡财政收入的事，不可掉以轻心。老徐便开始逐户登记，结果却遭到白眼和抢白，农户说食品站压级压价，猪决不卖给食品站。老徐听了这些话就嘿嘿地笑，说："卖给小刀手会偷税漏税，我们乡财政收入就减少了，使不得，使不得啊！"老徐就是这样和乡亲们软团。最终村民的猪还是卖给了食品站。

到了年终，乡召开会议对乡直机关进行评议，发表评议的都是各村人民代表，当然，老徐也在其中。

会场上，粮管所、供销社、农电站、食品站、文教、卫生、土地等单位领导都向老徐敬烟，老徐应酬不暇……

该老徐上台了。老徐走上了主席台，环顾一下会场，只见那一道道哀求、恳切、示意的眼神齐刷刷地向老徐聚焦。老徐脑海里不禁浮现出一幕幕画卷来：

——小学给过咱面子，旺生家有困难，孩子念书交不起学费，自己出面就给免了……

——粮管所也给过咱面子，每季收购前不是给过咱一块面料嘛！

——供销社也给过咱好处，每年都送咱平价尿素……

——食品站……

"老徐""老徐""老徐"……

主席台上有人轻轻地唤着老徐，提醒他快讲。老徐陡然眼睛一亮，说："同志们，我是一个人民代表，说话能否代表人民，我不敢妄言。今天我要说的是人民的心声，是流传在人民群众中的顺口溜……"

村组干部真正坏，

征购议购压着卖，

去掉三二十斤不奇怪，

麻袋皮还分在外，

老百姓只顾卖。

食品站猪要买，

价格低也要卖，

大秤砣就压老百姓乖。

中小学也古怪，

书本杂费分在外，

今三块，明五块，

学生家长不自在。

……

场内爆发出雷鸣般的掌声，老徐顿了顿继续说——

供销社实在好，

上班时间随便跑，

买尿素还要批条，

农电站技术高，

动不动就拉闸刀……

老徐发言结束了，他从主席台上走下来的时候心里却有一种惬意感，他今天才算是真正感受到楼西村村民委员会主任的分量。

老徐眼角有点湿润了，他觉得说这话是不是有些对不起大家……

《村主任》带给我们的
——评小说《村主任》

曲延安

曲延安，《分金文学》主编，著有《生命的底色》等。

也许作者在写下《村主任》这个标题时，就为自己挖了个坑。这个坑，往深里说，这么个农村题材，一出场似乎就是个"豆包"。当今的小说文学确实叫人眼花缭乱，太华丽也太奇巧。先锋、传奇、现代的新潮流，跨文体的拿来、嫁接和"转基因"，过于个人化的叙事状物，荒诞色彩与魔幻现实，玄幽的形式法则与梦话般的呓语，乖张而深奥的希区柯克式悬念，成为一时之景。一种新的话语特质，一种神话大片的主旨影响，这是一个特别害怕别人说自己不深刻的时代，哪怕是一个小短篇，似乎都必须经过专业的破解才能够被阅读。《村主任》能站得住脚吗？

往浅里说，千把字，分秒间读完的事，这么个小篇幅，想捣腾出什么名堂，难！微型小说看似很好写，是个人就能弄两下。实际很难碰，因其小，因其短。更何况，现在还有多少人看纯文学，还有多少人看小说啊！

诚然，微型小说作为小说家族的一员，构成小说的各种要素及特征它都具备：故事、情节（细节）、人物、语言及叙事。说容易，微型小说短小精简，寥寥一两个人物，几个场景的联结，便构成了创作。说不易，一两千字的篇幅，决定了它难以完整地描写与塑造人物，它要在咫尺之地完成一个叙事结构，不可能无节制地突出主体叙述，也就很难左右逢源，游刃有余，进而意蕴厚重。

扯得远了。来看《村主任》。

小说讲了一个村干部的故事。他的生活是劳碌而奔忙的、琐碎的，这是故事的支点。楼西村徐主任，动员旺青交售定购粮，为西荡旱改水要电，为学校改建校舍筹措经费，落实供销社、计生办、土地办等一些单位的事，"软团"村民出售生猪给食品站，好似"救火队长"，忙得席不暇暖。乡直机关开评议会，让徐主任犯了难。在一道道恳求、示意的眼神的聚焦下，横竖不太好办。内心熬煎之后，徐以"顺口溜"显现了楼西村村民委员会主任的分量，但他心里并不踏实。

是一个勤勤恳恳、两眼一睁忙到熄灯的，我们在诸多文学作品中见过的那种村干部？是一个碌碌无为、东家吃了西家喝的，我们同样在诸多文学作品中见过的那种村干部？是一个创新味四溢、力道十足的弄潮儿，我们渐次在与时代同行的文学作品里已不鲜见的那种村干部？是从政治、民生、故事、心理的四维视角而写出的内心极端复杂或性格多重组合的那种村干部？

显然都不是。

坦率地说，《村主任》单就故事结构而言，东拉西扯，几近平常。写作套数也显陈旧，行笔也是粗线条的，乃至不屑于展示细节。全篇几乎找不到一个成语、一句靓词、一番哲学说教，全是大白话，浑朴乡土气。应该说，《村主任》与奇崛、诡谲、卖弄、炫技无关。

我想说的正在这里。

微型小说有它独特的不可取代的特征，有它独有的取材、结构、存舍、表现的方式，有它文本与审美评价体系的特别性。深入浅出，就看如何拿捏。

我粗俗地打个比方，一个作品如同下厨的手艺，并不在高精尖，而在于合适。合适，就意味着接受；接受，就是最好的手艺。《村主任》好在粗茶淡饭，有如家常亲和，丰赡沉实，养人而不伤人胃口。《村主任》不是饕餮盛宴，那不是正常人家的日子，或者说正常人家过不起那种日子。一个作者的创作方向、态度、理念、立场，决定了在心灵起伏与世相驳杂中作品的本真诚实、人文张扬与普世情怀。你自己是什么样的就会在作品里面呈现，作品就是你的影子，这就表明小说的背后是作者的性情。

底层文学应该如何写作，换言之为什么要选取平凡的故事，赵树理小说的民间化叙事可资借鉴。在他的作品里能够见到扎根于民俗文化土壤的叙事内容，民间立场的价值表达，以及口语化的叙事语言。好的语言会顾盼有姿，有光有影，有声有色，在故事里回响。我之所以要这么说，是因为在作者的作品（不仅仅是《村主任》）里，有与"山药蛋"似曾相识的感觉。

微型小说容不得太多的情节，但绝对离不开情节的血和肉。微型小说中深刻的题旨，往往也在这个情节里，它可以使微型小说不微小。尽管《村主任》读起来好似有点没头绪，人物不即不离，顺口溜也显得粗糙，不太讲究，不合韵律（乡间的"顺口溜"也极具文学水准，沭阳"民谣"即可为佐例）。但在这篇篇幅很短的微型小说里，对"顺口溜"的使用非常熨帖，非常到位。没有它，情节出不了高潮，甚至能不能好好结尾都得两说。在成功的微型小说的结构中，好的情节就仿佛是相声抖"包袱"。

如果这一段写到顺口溜后，"老徐发言结束了，他从主席台上走下来的时候心里却有一种惬意感，他今天才算是真正感受到楼西村村民委员会主任的分量。"此时终止全篇，可不可以？可以。可我猜测，作者在写《村主任》之初，仅仅以这"惬意感"与"分量"了结，他不会罢休的，因为没有写透。微型小说先天篇幅逼仄，一切特征都与短相关。它不能像散文有太多的抒情性描述，有太多的随性与闲笔，它必须简要与紧凑，丝丝入扣。因此把结尾写好，是微型小说的"担当"，这不是可轻可重的事情，而是有高下之分的。

用语言表达不完的，期待着读者用意会去填充。《村主任》应该有这个意图。从台面上说，老徐发言结束走下来，这种"惬意感"与"分量"，久违矣，应是村干部的本色。但文学区别于政坛，它有自己的话语路径。文学中，人生的故事应该由意味负责，所以，"他觉得说这话是不是有些对不起大家"。注意，这个"是不是"，这个一闪念的不安定，就是冥冥中的隐喻或伏笔；这个"大家"，是泛指抑或特指，就是其中的弦外之音，或叫暗示性。徐主任今后会如何？

故事的走向扑朔迷离，布下了省略号。故事只是载体，留白传达的是意味。关键是，它们有效地启发了我们有关生活经验的具体想象与延伸，喜（悲）剧营造或者说冷幽默的气氛就此溢发出来而余音袅袅。

一篇微型小说就这么一点容量，花好月圆，皆大欢喜，往往不属于它。篇幅有限，余味可以无限，这就是《村主任》的魅力所在，当然也就是微型小说的存在价值。

调动

老孔是苏南人，典型的知识分子。

老孔为人乐观，从不计较个人得失，先后从事教育、文化、宣传、文秘、党政工作，后在企业做工会主席。可谓是工作需要干啥就干啥。

一天，老孔在上班的途中遇到一位老同志，随便聊了几句。老同志关心地说："老孔啊，快退休了，你一直是行政事业单位的干部，最后在企业退休要吃很大亏啊。"

老孔顿悟，坚决要向组织要求调动。

其实年轻时的老孔有很大的抱负，在班里一直是尖子生，凭他的成绩上个清华、北大绝没有问题，只因他一点小小的举动毁了他的前程。那是"人有多大胆，地有多大产"的年代。一次，他阅读一张报纸，一条消息说某地粮食亩产超万斤。老孔是农民子弟，他知道土地能收多少，报纸上的这个数字太玄乎了。他气愤地说，胡吹，说着就把报纸撕个粉碎。这一举动让他付出了代价。清华、北大需要"又红又专"的学生，老孔的那次举动说明他"只专不红"。就此，老孔被录在苏北某高校。毕业后，分配在苏北某县从事教育工作。

老孔从事语文教学，当然也喜欢舞文弄墨，教了几年书后，被调到教育局做教研员。

1965年11月10日，上海《文汇报》登出姚文元的文章《评新编历史剧〈海瑞罢官〉》，老孔读了这篇文章后，认为文章的基本观点是错误的，错在违反唯物辩证法，违反历史唯物主义。老孔当即写了一篇驳斥姚文元的文章，题为《应当如何正确评价历史人物——从毛泽东的〈沁园春·雪〉谈起，与姚文元同志商榷》，文章投寄给了《光明日报》。不久，稿子就被退了回来。鬼使神差，稿件竟被两位同事发现了，他们就对老孔进行讽刺挖苦。老孔反驳说，姚文元的观点确实是错误的，是违反唯物辩证法的。毛主席说，任何事物都是一分为二的，姚文元对吴晗文章的批评、对海瑞的评价缺乏一分为二的观点，是一棍子打死。

照你这么说，对任何事物都要一分为二，难道对毛主席、毛泽东思想也要一分为二？

老孔说，那当然了，这是一个简单的形式逻辑问题，三段论嘛！既然是任何，那就是没有一个例外的。

就因为这句话，老孔招来了弥天大祸！第一张大字报从教研室贴出——《驳斥老孔对毛泽东思想一分为二的反动谬论》。接着老孔成了教育界的众矢之的，大字报铺天盖地而来，连老孔睡的床都被贴满，批判达十个月之久。老孔成了右派、成了反革命。

老孔就是这样既认真又不服输的人。

老孔要求调动工作，老孔的所有亲属均不同意，理由只有一个——不可能。

老孔不信这个理。

就认了吧，这么把年纪了，还谈什么调动。老伴唠唠叨叨地说。

可不是，三鬼子想调个好单位，光请客吃饭就花了万儿八千的，现在还没有说法呢。邻居老张头附和说。

别说请客送礼，我连一支烟都不会买的。老孔愤愤地说。

你不谙世道，别异想天开了。老孔小舅子说。

……

一天，老孔终于来到县长办公室。县长很客气地说，请坐，你有什么事就直说吧。

首先申明一点，老孔说，我不是来跑官要官的，对这些人我压根就瞧不起他们。我从上世纪六十年代就扎根苏北，工作兢兢业业，任劳任怨，从不计较个人得失，组织叫干啥就干啥，在行政事业单位干了几十年，最后把我调到企业，我也毫无怨言。眼看就要退休了，有位老同志提醒我，在企业退休要比行政事业单位少拿很多退休工资，我才想到了调动。我的爱人没有工作，一家的生活全靠我的工资维持。几十年我没有向组织提过任何要求，在退休时有这么一点小小要求，把我调回原单位退休，请领导批准！

现在企业跟行政事业单位确实有差距，要求调动的人很多，你的情况确有特殊性，待组织上落实后提交常委会讨论解决。县长温和地说。

得到县长的答复，老孔回来了。

老孔回来后，有很多人为老孔出谋划策，让老孔出点血，事情会来得快点。

老孔却不屑一顾。我一生中调动很多次，从学校到教育局，从教育局到广播站，从广播站到政府办，又到企业，我哪次花过钱，全部是组织上安排的。最后一次我向组织申请调动还要花钱，简直是太荒唐了。不花，一分钱都不花。

你就是犟，老伴说，花点钱不是踏实吗？

你踏实了，人家踏实吗？那是害人。老孔说。

看着老孔如此执拗，周围的人都暗暗发笑，说老孔单纯，不了解行情。

不久，老孔真的调动了。

关心老孔的人和好事者都问老孔，调动花了多少钱？

老孔回答说，分文未花。

听了老孔的话，问者纷纷摇头，表示怀疑。

老孔就愈加愤怒，说，我一生坦荡荡，到了晚年还向我头上扣屎盆，我是那样的人吗？

老孔越描越黑，怎么也读不懂周围人的心思，调动是很简单的事，为什么要想得那么复杂呢？

留白意无穷
——评小说《调动》

乔正芳

乔正芳，笔名云逍逍，系山东省作协会员。曾在《辽河》《时代文学》《小说月刊》《山东文学》《百花园》《扬子晚报》《日照日报》等发表小说散文十几万字，微型小说入选多种年度选刊，有短篇小说获得第二届日照政府文艺奖。

　　微型小说用平实的语言，向我们娓娓讲述了一个亦喜亦忧、百味杂陈的故事。为了能多得到一点退休金，老一代知识分子"老孔"想把自己重新调到工作了大半辈子的行政单位，可是"他"一个小老百姓怎样才能办成这件大事呢？

　　故事就从这个线索展开。于是亲戚、朋友、家人纷纷参与进来，出谋划策。有说该送礼的，有说要托关系找门路的，现实风气可窥一斑。但倔强的"老孔"一概不听，最后凭着"倔劲"亲自找到县领导，一番"掏心窝子"的肺腑之言，终于办成了此事。

　　可是面对这么美满简单的结局，身边却没有人肯相信，在"老孔"一遍遍不停的解释诉说中，我们看到了他的无奈，也看到了现实的无奈。

　　微型小说篇幅虽小，但容量却大，其中寓意，令人思索，令人唏嘘。社会现象、世道人心、人际关系，千姿百态、包罗万象。是啊，有时候复杂的也许并不是事情本身，而是我们的人心！

小说采用层层铺垫的手法，对"老孔"在那个特殊的年代敢于顶着挨批挨斗和蹲监狱的危险也要直陈自己内心的观点、坚持真理的性格描写，为后面塑造好这个人物打下了坚实的基础并埋下伏笔，使人物性格有血有肉、鲜活灵动，使故事情节发展合情合理、自自然然。这，无疑是这篇小说的成功之处。

小说结尾干净巧妙，留白充足，言有尽而意无穷，给读者留下大量的想象空间。

怪圈

老朱是个很有抱负的人。

受拿破仑的至理名言"不想当元帅的士兵不是好士兵"的影响,老朱在单位里就想谋个一官半职的。然而,随着单位的破产,那个念头也稍纵即逝了。

现在老朱被推上了社会大舞台,挣点小钱他是不屑一顾的,然而大钱又到哪里挣去?他寻思着,终于有了点头绪——本村的牛二在K城搞大项目。

老朱千方百计找到了牛二的联系方式,挂了个电话给他,他说:"好啦,我这里正好缺人啦!你最好能带个有实力的人过来啦……"

接过电话,老朱无比兴奋,四处放风——有头绪挣大钱,一年搞个几十万没问题。

信息散布出去之后，每天找老朱的人络绎不绝，老朱应接不暇，成了大忙人。

通过筛选，老朱决定和瓦匠工头小于合作。小于提出要去牛二那里考察一下，路上一切费用皆由他出，老朱一听，毫不犹豫地应了——这样太好不过了，又能免费旅游一次，何乐而不为呢！

小于带了两个人，次日就上路了，先坐汽车，后坐火车，又坐汽车，终于抵达K城。牛二热情地接待了他们，酒喝得很尽兴，小于和牛二还划了拳……酒毕，牛二把小于的电话号码留了下来，让他们等通知，他们就返回了。

回来后，牛二一直没有打电话给老朱，小于也不再找老朱。一晃一年过去了。一日，老朱在县城的大街上偶然撞见了小于，小于一脸的沮丧，说："我让牛二给骗了。"

老朱一脸的疑问，说："你不是没有去 K 城吗？"

"去了。"

"那怎么不通知我？"

"牛二不让告诉你！"

"你是我介绍给牛二的，他不让你通知我，你就背着我悄悄地去了？你不地道！"

"哎，不说了，算我瞎了九辈子的眼，等他回家过年，决不轻饶他……"

老朱轻轻地舒了口气，小于被骗，他的心里反倒有了点安慰。但，恨透了牛二。

过年了，牛二回家了。牛二见了老朱没有提小于的事。老朱佯装不知道。

一日，老朱打了电话给牛二，让他来家里陪客。

牛二欣然来了，见了客人，寒暄过后就落了座。酒过三巡，老朱对牛二介绍说："这位是大老板，有上千万元的资产……"

牛二听了，端着酒杯就站了起来，说："幸会，幸会，敢问老板您是从事何种买卖？方便的话透露一二，哪一天，我无路可走了，闯到您门下混口饭吃。"

"哪里，哪里，过谦了。"老板说着从口袋里掏出一叠旧币，像撒名片一样每人给了一张，说，"诸位有兴趣的话留着玩，不识货的就是一张小花纸，但是，它是有价值的，好了，不说这个了，喝酒，喝酒！"

牛二拿着旧币，说："不好意思，礼重了，礼重了。"

老朱忙打圆场说："拿着，都拿着，对于我的朋友来说，这是点小意思啦。"

酒宴结束了，老板走了，接着，牛二及其他陪客的也都纷纷地走了。

老朱看着牛二渐渐地走远了，他的脸上掠过一丝笑意。

转眼过完春节，已是正月十六了。这天，牛二收拾行李准备起程，突然有一操着外地口音的人闯进他家，神秘兮兮地说："老哥，有这玩意吗？"说着从身上掏出一张旧币。

牛二一看，这正是年前那位老板送的那东西，不假思索地说："有。"

来人一听，激动地说："老哥啊，你发财啦！把它卖给我吧！"说着就从包里拿出一沓钱，足有15000元，硬往牛二的手里塞。

来人从牛二手里拿过旧币，说，"你还有吗？如果能搞到的话，我请你代收，就按我给你的收购价，另外每张另加500元好处费，现在先放10万元定金给你。"来人说着就从包里又拿出一摞钱。

牛二眼都直了，说："这样吧，我先打个收条给你，钱先放在这儿，货，我去打听，你丢个号码给我，弄到了打你电话。"

"好，一言为定。"来人走了。

晚上，牛二悄悄来到老朱家，问："你的那位朋友在何处啊？"

老朱听了牛二的话莫名其妙地问："我的朋友多着呢，你问的是哪一位朋友啊？"

"就是年前在你家喝酒的那位老板。"

"噢，有事吗？"

"一点小事想咨询他。"

老朱不再深问，说："我这里有他的一张名片，你打他的电话吧。"

牛二如获至宝，拿着名片就往家走。到家后，他迫不及待地打名片上的号码。

电话通了。对方说："喂，请问哪位？"

"我是老朱的朋友牛二啊！"

"牛二！你是哪位牛二，我怎么没有印象呢？我不认识你呀！"对方说着就挂了电话。

牛二又打，电话通了，没等对方说话，牛二就说："你是贵人多忘事啊，你还给过我一枚旧币呢。"

"噢，想起来了，对，你是老朱的朋友，你看我这记性，才几天就忘了，看来酒还得少喝点，喝多了就健忘。请问有何指示？"

"岂敢，岂敢，就是有点事想……"牛二不好意思似的说话吞吞吐吐。

"不要紧啦，都是朋友，能帮忙肯定帮忙啦！"

"老哥，那我就直说了。"

"说吧。"

"你那旧币还有吗？"

"有啊。"

"有多少？"

"这个你就不要问啦，我是在做买卖，商业秘密，给你张把玩玩不要紧，多就不行啦。"

"我不是想向你要，我是问你多少钱一张，能不能……"

牛二的话还没有说完，就被对方的话打断了，说："不行，绝对不行。"

牛二再次恳切地说："老哥，给我兜个底，能否匀几张给我，挑一下老弟，算是给口饭吃。"

"好了，别说了，都是实在人，我就告诉你吧，我少说也有300多张，首先说明，最多匀你50张，我这收购价是10000元每张，既然你是老朱的朋友，手续费就免了。"

"谢谢你，太谢谢你老哥了。"牛二挂了电话，简单地一算，10000元买进，15000元卖出，外加500元手续费，乖乖，50张净赚275000元，牛二兴奋了。

牛二付了钱后，把货取回家，就等上门提货，十几天了，也没有人来提货，牛二急了，就打那人的电话，语音提示——您拨打的电话是空号。牛二的心里有点慌了，再看那沓旧币，横看竖看就是一沓小花纸。于是，他想找那位老板退货，他拨了老板的电话，语音提示——您拨打的电话已关机。解铃还须系铃人。去找老朱，老朱肯定知道那位老板在何处。

牛二来到了老朱家，问那位老板在何处。老朱说，那名片上不是写着的吗？老朱又说，其实我也不了解他，是路遇的，在一起喝顿酒，就这么个关系。

牛二一听，瘫坐在地。

老朱心里在说，你不是很牛吗？再牛啊！老祖宗就安排你姓牛比俺姓朱的少两下，小样的，跟我玩，玩死你。

怪圈里的世相
——评小说《怪圈》

李寒烟

李寒烟，山东日照人。曾在《中国妇女报》《小小说选刊》《辽宁青年》《微型小说月报》《青年报》《少年文艺》等百余家报刊发表散文、微型小说数百篇。作品曾被全国多所中学设计为中考现代文阅读理解题，有作品入选年度选本。出版文集《又见夕阳》。

　　这是一篇构思巧妙耐人寻味的微型小说。微型小说的情节设计一波三折，非常有趣。牛二不地道，把老朱和他的朋友都欺骗了。老朱没有直指牛二的不地道，而是选择了一种独特的方式报复他。当他们见面的时候，牛二不提小于的事，老朱就佯装不知道，后来甚至还非常客气地让他到自己家里来陪客。于是牛二慢慢进入了老朱设好的圈套，最后牛二果然中计，牛二受到了教训，肯定会有所醒悟。老朱出了一口恶气，心里得意无比。

　　文章人物形象塑造非常成功，从表面上看，文中牛二是被谴责的对象，他为富不仁，两面三刀，善用手腕，令人讨厌。而老朱更是一个隐藏极深的人物，他表面老实憨厚，但却异常有心计。他为了一吐胸中怨气，精心设计了一个圈套，最终使牛二中计，还让他花了一大笔钱。总体来说，老朱是本文塑造非常成功的一个人物。

　　当然，老朱的圈套并非难以识破，为了使自己的圈套显得更加真实，老朱甚至自己首先大胆拿出十几万元，倘若此环节万一被牛二识破，老朱那可亏大发了，但是老朱还是大胆地做了，并且还成功了。这个情节说明牛二在利益面前丧失判断力，老朱若非老谋深算肯定也不敢走这一步险棋。无论从哪个方面看，小说都深刻地展示了人性的本质，而这也是这篇微型小说的出彩之处。

怪圈里的世相

——评小说《怪圈》

顾建新

　　小说的题目是《怪圈》，非常确切：骗子骗人，自己又被别人骗，形成了一个"连环套"的格局。故事表面上是一个闹剧，但主题深沉：在金钱至上的状况下，旧社会的沉渣又泛起，已经灭绝的事物重现了，搅乱了社会秩序，扰乱了人心，腐蚀了人们的灵魂。这个问题是非常严重的。甚至可能影响几代人，它的破坏性不可低估——这，正是小说的价值所在。

　　在艺术上，成功之处在于塑造了个性鲜明的几个人物：先是牛二，是个小角色，旧社会被称为"小开"一类的人物。没有正当职业。没有什么资本，却自称是"搞大项目"（其露馅儿是一听老朱说来了个大老板，马上攀附过来），他不过是靠骗人过日子的社会渣滓。因利欲熏心，发财心切，"聪明反被聪明误"，最终落入陷阱，吃了大亏。

　　次是老朱，老谋深算，吃了亏却不动声色，暗中设局，一切都是精心策划，却摆出一副"浑然无所知"的"局外人"的面孔，结尾的一句话点破这场闹剧，他是总导演。

　　最有趣的，是那个假老板，善于假戏真做，心狠手辣，却滴水不漏。欲擒故纵是他的拿手好戏。先送假币，引蛇出洞；次，有意挂了电话，装不认识，故作高傲，让对方心急火燎；

再，仅让50张，让对方深信不疑。最后让猎物心甘情愿乖乖进了笼子。牛二是小骗子，"假老板"是大骗子、高明的骗子。两相比较，可谓小巫见大巫。"螳螂捕蝉黄雀在后"。小鱼吃了虾，自己却被大鱼吞食了。

作品发人深省处有二：一，商场水深莫测，记住阿拉伯的那句谚语：不知深浅，切勿下水；二，骗子固然可恨，但你若不贪图蝇头小利，能上当受骗吗？

鬼子

　　在粮管所能连续定仓收购的，只有鬼子了。

　　鬼子是粮管所职工给他起的绰号，时间长了，还真没有几个人能叫出他的真名来。

　　鬼子给人的第一感觉，特别是给售粮农民的感觉是没有架子，是个高搭低就的人，也是一个爱说爱笑的人，售粮农民就喜欢奔他。

　　鬼子收购从不用扦样器，他说那玩意把人家口袋一戳就是一个窟窿，售粮农民不高兴。鬼子收购用的是筐，让农民把粮食倒在里面，粮食的好坏自然一览无余。

　　每季收购时，鬼子的仓库门就被售粮农民堵得水泄不通，老少爷们近前都递上一支红运河或者罗曼蒂克（每包一元左右）。鬼子从不嫌弃，嘴里连说："好的，好的！"手就伸去接过了烟，因此，老少爷们很高兴——鬼子没拿他们当外人，一下子就没有了距离。

凡是合格的粮食，鬼子每过一秤都唱出数字，如此，售粮的很少去扒拉秤星。当然，也有细心的农民在家把自己的粮食称了一遍，当与鬼子的数字有误时，鬼子就满脸的灿烂，说："收购不容易啊！公家的仓库亏不得，粮食消耗大，有的水分高，都是迁就收的……"

听了鬼子的一番解释，售粮农民不禁怜悯地说："都是自家地收的，十斤八斤的别计较了，可不能亏了公家的仓库，会计的服务态度又恁好。"

鬼子知道售粮农民说的都是恭维话，他要让农民心服口服。他不紧不慢地从筐里抓了把粮食，一粒一粒地放进嘴里嗑，然后吐出一个个扁片，说："你看水分多高，不利于保管，一旦发芽霉变损失就大了，谁也担当不起这个责任啊！"接着用商量的口吻说，"还是放到晒场照一照吧……"

鬼子的话音还没落，售粮农民心里就咯噔一下，这回糟了，粮食卖不掉了，心里直埋怨前面该死的瞎找碴。

"会计，打点折将就收了吧！"

"不行啊！"鬼子说，"克斤扣两是违反收购政策的，你们都瞧见了啦，我扣谁的秤啦？"

"哪里，哪里，绝对没有扣秤。"

"……"

后面排队的售粮农民接二连三地说。

尽管售粮农民个个表了态，但是验收还是渐紧，隔几份就退了一份。称到谁的，谁的心都提到了嗓子眼，心里只念阿弥陀佛。刚才还活跃的气氛陡然沉闷了许多……

称过的粮食要走跳板上去。扛粮都是男人的活，女人只能在秤边帮忙把盛粮的筐撺到男人的肩上，上肩时要叫号子。当女人弯腰抬筐时，上衣就滑到了上半身……鬼子眼睛一亮，说："哟，这位大姐和我一样都没有裤腰带……"

"哈哈哈……"

鬼子话音一落，男女老少笑得前仰后合，一下子气氛又活跃了起来。

此后，再没有人提少秤的事了，鬼子还时不时地提醒大家看准秤。

鬼子收购速度很快，几天就收满了仓。

收购一结束，鬼子就被评为优秀收购员，因为收购时唯独没有人在领导面前反映他有克斤扣两和态度不好的行为。

调拨粮食时，鬼子收的仓仓有溢出，保证了所里一年的招待费用。

否则，鬼子就不叫鬼子了。

鬼是一种奸诈

——评小说《鬼子》

厉周吉

厉周吉，男，山东莒县实验高中语文教师，山东省作协会员。五十余万字作品散见于《山东文学》《四川文学》《佛山文艺》等200多种报刊，作品被《小小说选刊》《微型小说选刊》《意林》《特别关注》《青年博览》等100多家报刊转载，主编过《都市新职业》等图书二十余本，出版过微型小说集《呼啸而过》《特殊的考试》《开在废墟上的花》《泪光里的微笑》《爱是梦想的翅膀》等11本。曾获刘勰文艺奖、日照文艺奖等多种综合性文艺奖项。

　　本文语言朴实，生动有趣，选材很典型。文章虽然不长，但成功塑造了鬼子的形象，是一篇优秀的微型小说。

　　鬼子之所以被称为鬼子，是因为他有自己的一套独特的收粮方式。收购粮食是一个很难做好的工作，对卖粮的农民苛刻了，粮农不答应，甚至收不到粮食；相反，对粮食的质量要求低了，国家就要遭受损失。于是要想既能收到足够的粮食，让农民满意又不让国家遭受损失，就很难。但是鬼子却成功了，并且让粮农和粮管所都非常满意，足见鬼子有自己的一套。

　　鬼子爱说爱笑，和粮农打成一片，一句"这位大姐和我一样都没有裤腰带"的说笑，拉近他与农民的关系，也缓解了现场的紧张气氛。鬼子在原则问题上毫不含糊，"收购不容易啊！公家的仓库亏不得"，可见玩笑归玩笑，原则一点都不能含糊。鬼子会拉近自己与粮农的距离，"老少爷们近前都递上一支红运河或者罗曼蒂克，鬼子从不嫌弃"。一个小小的举动就让鬼子和大家没有了距离。粮农喜欢他，粮管所肯定他，最重要的是"调拨粮食时，鬼子收的仓仓有溢出，保证了所里一年的招待费用"。

　　总之，鬼子不一般，小说很精彩。

红发卡

"哒、哒、哒……"一队骑士高举火把，夜幕下就像一条火龙在飞跃。瞬间，阮家大院被围得水泄不通……

清末光绪年间，曲阜阮家大少爷昌泉因救了一名朝廷钦犯而遭此厄运。

"搜。"

一声令下，蹿动着的火苗立刻在阮家大院散开了。

昌泉换上短装正欲翻墙出逃，突然被一只手拖住了，此人拽住了昌泉沿着墙根溜到了茅厕，顺手将他推进了粪坑，细声说："忍着，这里可以逃命……"

昌泉心地善良，乐善好施，在山东曲阜一带口碑极佳。因此，在乡亲们的掩护下躲过了清兵的追捕，逃至苏北三庄夫子庙隐姓埋名，以垦荒度日。

夫子庙一带人烟稀少，在这一片荒滩上坐落着七七四十九座汉墓，昌泉便在汉墓青墩和洪墩之间开垦一块荒地种植，每天日出而作，日落而息。

一日清晨，寒气逼人，雾气缭绕。昌泉扛着镐走到青墩脚下，正要刨地，忽见一只似凤凰一样美丽的鸟，扑棱了几下翅膀欲飞不起，再细看原来是只受伤的鸟。昌泉不禁动了恻隐之心。他蹲下身子，抱起那只鸟，脱下棉衣给它取暖，接着又爬上青墩采下药草，放到嘴里嚼成糊状敷到鸟的伤口上，情不自禁地说："鸟啊，你是不是和我一样有家难归而流落异乡呢？你若不嫌弃就跟我做伴吧……"

昌泉话没说完就汩汩地泪洒衣襟……

敷了药的鸟，伤势陡然好了。它听了昌泉的话后，头做作揖状，"咕咕"地叫个不停，仿佛是在回答。

此时，晨曦初露，驱散了雾霭，昌泉引着鸟回到了栖身之地。

鸟在空中左三旋、右三旋后，便向青墩方向飞去。

是日夜晚，昌泉刚要休息，只听门外有女子在哀求。昌泉打开门，见一亭亭玉立的漂亮少女。

"相公，我是一名孤苦女子，若相公肯容留，奴家愿以身相许……"

同是天涯沦落人，昌泉想，也只好相依为命了，于是点了点头，将女子让进了屋。从此，他们便过起男耕女织的田园生活。不久，女子生下一个胖胖的男婴，因是避难时所生的孩子，也为了让孩子知道自己的艰难处境，便为孩子取名毕子。有了小毕子，昌泉的生活又增添了一份乐趣。

光阴荏苒，转眼小毕子十几岁了。一日晚上，毕子睡着了，女子对昌泉百般温情，泪止不住地流。昌泉边替女子揩泪，边劝她说："爱妻有何心事，直言无妨。"

女子哭得更加伤心了，断断续续地说："相公，我俩恩恩爱爱，只因缘分已尽，不能白头偕老了。常言道，忠厚传家，你乐善好施、扶贫济弱而惹下杀身之祸，像相公这样的人是命不该绝的，有了小毕子就了了我的心愿，我也该走了。日后，你们父子要多多保重……"女子说着从头上拔下一枚金光闪闪的红发卡交给昌泉，"只要你拿着它到青墩用脚跺上三下，口里念着所需要的东西便能得到。"

言毕，女子化作一只凤鸟向天空飞去……

女子走后，昌泉特别珍爱红发卡。他带着毕子，生活不到万不得已从不使用红发卡。日子不知不觉地又过了几年。这年冬，北风裹着大雪没命地刮，地上一片白皑皑的。清晨，昌泉发现草垛旁躺着一个气息奄奄的后生——肯定是饥饿和寒冷使他昏倒的——昌泉来不及多想，从身上掏出红发卡走到青墩下，连跺了三脚，嘴里默念着棉衣和热鸡汤，突然一道银光闪烁，棉衣和热腾腾的一碗鸡汤出现在昌泉的眼前。昌泉拿过棉衣替后生穿上，接着又喂他热鸡汤，一会儿，后生苏醒了。原来这后生是个穷秀才，进京赶考时路过这里。昌泉又给后生一些银两作为盘缠，后生感激涕零，再三表示进京得中后，定当报答此恩。

果然，后生进京一举得中。但是，这会儿他想到的不是报答昌泉，而是那金光闪闪的红发卡，他想用此宝敬献老佛爷而换取高官厚禄。于是，他从京城长途跋涉来到苏北，找到了昌泉，说："恩人，把您的宝贝献给西太后吧，保您高官得做，骏马任骑，享不尽的荣华富贵，我这是在为您牵线搭桥呀，千万不能错过这个机会……"

"当初我救你的时候并没有想到图报，"昌泉义愤填膺地说，"想不到你竟这样来对我，原来你是个利欲熏心的小人，为了达到你飞黄腾达的目的，竟出卖你的恩人，卑鄙，无耻！"

"好、好，让你考虑几天，三日后我再来。"

"苍天啊！"昌泉仰天长叹，"你为什么要这样？"说完废了自己的双眼。

"老东西，竟然不识抬举，搜。"

后生丧心病狂地从昌泉身上夺去了红发卡，迫不及待地来到青墩脚下，踩了三脚后，嘴里喊："我要金山、银山、珍珠、玛瑙……"

一道金光闪烁后，青墩脚下齐刷刷地出现一排排坛子。后生一看，高兴地跳了起来，"啊！这么多金银财宝足够我享用一辈子啦！"

他走近一看，坛子里全是水，还发出一种醉人的香味。这是宝水！后生想。于是，他抱起一坛咕噜噜地喝了起来，那些随从也一个个都扑了上去，顷刻，坛子里的水被一饮而尽。突然，后生捂着肚子疼痛难忍，接着，那些随从也都嗷嗷直叫，倒在地上乱滚，相互抱作一团，再也动弹不了了。

只听一声巨响，一道白光从天而降，红发卡重新回到昌泉手中。昌泉只感觉一颤，双眼复明了。

一枝一叶总关情
——评小说《红发卡》

叶敬芹

叶敬芹，毕业于徐州师范大学，文艺学硕士，中学高级教师，宿迁市作协会员。多篇文章发表于省市级各类报刊，数篇文章在省市级征文大赛中荣获一等奖。

颜士富老师的短小说，大多取材于市井百姓的现实生活，《红发卡》例外。作者对这篇具有神话色彩的小说颇为偏爱，偏爱自有其原因，我们不妨走进这篇小说。

《红发卡》特立于作者其他小说，在于其叙事方式的神话色彩特质。小说人物构成不复杂：主人公昌泉，神鸟化身的漂亮女子，恩将仇报的后生。三个人物，构成了一个跌宕起伏、扣人心弦的故事，演绎了一个关于感恩、关于善恶因果报应的故事。

小说先声夺人，未见其人，先闻其声。以夜间"哒、哒、哒……"的敲门声开篇，飞跃的"火龙"，把"阮家大院"包围得水泄不通的一队骑士……寥寥数语，绘声绘色，渲染了紧张的氛围，悬念顿起，立刻就把读者的心提到了嗓子眼。

情节跌宕起伏，一波三折。短篇小说制胜的重要法宝之一就是曲折离奇的情节。遇险，脱险，结婚生子，妻子离开，留下宝物，引来灾难，化险为夷。在情节突转中，人性的善恶美丑得以显现。

短短一两千字，写尽几个人生，几段故事，让人不得不感佩作者是位讲故事的高手。

对比手法是这篇小说最显著的艺术手法。同样被昌泉救助，一只飞鸟能够化身女子，为恩人生育一子，涌泉相报；而作为万物之灵长的人，那个一朝中举的读书人，却恩将仇报，企图夺走恩人的红发卡，献给老佛爷，作为自身进阶的手段。两者对待恩人的态度，是非黑白，通过对比，强烈地凸显出来。更让人感到悲哀的是，在利益面前，人性的泯灭——人竟不如禽兽。

"滴水之恩当涌泉相报"，懂得感恩，学会感恩，善恶的因果报应，是文本的主题，也是作者希冀通过小说传递给我们的价值观。

乡亲们掩护昌泉，因为他"心地善良，乐善好施"，实际上也是对昌泉的感恩。神鸟所作所为，也是出于感恩。相反，赶考途中被昌泉搭救的后生，恩将仇报，最终受到惩罚；而仁厚的昌泉最终化险为夷，得到福报。

作者通过几个人物之间的故事，讴歌真善美，鞭挞假恶丑，让读者通过这个富于神话色彩的故事，潜移默化地接受教育。这种方式远远比用单纯的伦理道德对读者进行说教要高明得多。

文学历来就肩负着教化的使命，如果文学仅仅是谈功利、谈伦理的工具的话，就已经失去了文学本身具有的审美价值。

好的文学里一定存在鲜活的生命，无论是吴承恩笔下具有魔幻色彩的孙悟空，还是蒲松龄刻画的各类灵异狐仙，也不管是自信的秦罗敷，还是清高的林黛玉，都让我们感觉到有尊严的生命形态，让我们有刹那间的动情，感觉到生命的真实，这才是最重要的，也是文学所应该具有的审美特质。

马克思说："任何神话都是用想象和借助想象以征服自然力，

支配自然力，把自然力加以形象化。"

《红发卡》中，昌泉行善，却引火烧身；后生中举为官，迫害百姓，这在我国古代封建社会，也是不足为奇的事。老百姓对于贪官酷吏的欺压，无力反抗，作者只能借助于超自然的力量，实现惩恶扬善的美好愿望。这也满足了读者善恶因果报应的审美需求。小说中展现的富于神话色彩的人物，彰显着丰富的民族性格，比如善良、感恩、仁爱，其实这些美好的品格也是作者自身的精神底蕴。

家事二题

二叔给人捎信，让我回趟老家。

二叔今年已过花甲，仍担任村里的小组长。

在我的记忆中，二叔先当队长，后干村长。现在村长不当了，又做起了组长。

我每次回去都要到二叔家坐坐，这时二婶就唠叨说："你二叔队长村长都干过了，还干小组长，这么把年纪了，操心劳肺的。"二婶说话还带点讥诮，"你二叔就是官迷心窍。"

我知道二叔不管当队长还是村长，都不算什么官。然而，他为大家实实在在地谋了不少利益。20世纪90年代初，那时谷贱伤农，二叔走村串户动员大家栽果树，搞旱改水改造低产田，千方百计让土地多产出，使粮农增收。二叔说，只要他当一天干部，就要对得起这点薪酬。

看来，二叔还真的拿组长当回事。

一天，我回老家，刚吃完饭，正准备午休，二叔就来找我，说："这回你得帮帮我。"

"二叔你有什么难事尽管跟侄子说，只要我能办到的，肯定不遗余力。"

"我家的几十棵树被人砍了，我要到法院告状。"二叔愤愤地说。

听了二叔的话，我很吃惊，好好的树怎么让人砍了？又是谁砍他家的树呢？还没等我问，二叔就连珠炮似的说："树是三蛮子砍的，有人证物证。"

我一听头就大了，三蛮叔和二叔是堂兄弟，都是我叔。常言说得好，清官难断家务事，我感到棘手，果断地对二叔说，都是自家兄弟，打什么官司，还是家事家了吧。

二叔感觉我在糊弄他，一气冷冷地丢下一句："你不问是吧？"

我望着二叔渐渐远去的背影，心里酸酸的不是滋味，其实我对二叔说的话是认真的，也是经过深思熟虑的。

二叔走后，父亲说："你二叔天天跑里跑外的累死也不讨好……"

听了父亲的一席话，我才明白。原来村西南有块地，在杨树走红的时候，每家都在自己的地上栽上杨树，有的地宽栽两行，有的一户地还不足一弓宽就栽一行。如此密植，树长起来很拥挤，有的已焦梢了，的的确确形成了低产林。现在粮价一涨再涨，老百姓简单地算了一下账，纷纷要求退林还田。因此，二叔开了几次群众会议，家家同意并签名要求毁树。达成共识后，各家就开始刨树。然而，三蛮叔等几户却迟迟不动。眼看秋播在即，已刨树的农户急眼了，天天去找组长二叔，要求处理此事。

二叔三番五次登门做工作，光打雷不下雨，无奈，二叔组织群众强制执行。

冤有头、债有主。二叔强行把人家的树刨了，三蛮叔愣是以牙还牙把二叔家河岸边的树给砍了。

二叔报了警，派出所把三蛮叔爷俩带去关了一宿就放了，让村里处理此事，二叔一气辞去了小组长。

二叔要到法院起诉三蛮叔，我坚决反对，说："本是同根生，相煎何太急。兄弟之间，又是为大家谋利益，个人吃点亏就算了。"

在我的不断劝说下，二叔终于偃旗息鼓了。然而，树欲静而风不止，黑地竟杀出李逵来——四侉叔的儿子小松子却初生牛犊不畏虎，硬把二叔告上了法庭。

二叔捎信让我回家就为这事。我一见二叔，二叔就把法院的传票递给我，说："你看当初我要告，你不同意，现在恶人先告状了，分明是哑巴受驴辱，有苦难言嘛。"

"二叔，你别急，"我安慰二叔说，"这回我赤膊上阵，绝不袖手旁观。"

开庭那天，当我走进法庭，没想到竟座无虚席。来的都是左邻右舍的，有长辈，也有平辈，还有晚辈。他们来干什么的，我一时闹不清。是看热闹也好，作证也罢，我该讲些公道话了。

我征得审判长同意，说："今天二叔既然被告上法庭，不管是家事还是公事，我要阐述两个观点。首先，作为被告主体有误，二叔是小组长，他代表的是组里大多数人的利益，他组织刨树也是组里大多数人的愿望，他的行为应该是职务行为，而不应该是个人行为。此时，他已经不再担任组长的职务了（姑不论砍树对与错），应该把新的组长列为被告。另外，"我说着从身上掏出一张已经泛黄的《淮阴日报》，打开三版，说，"有一篇我采写的消息《孩子有救了》，该文讲述的就是二叔当生产队长时，为四侉叔家募捐的事。"

四侉叔是退伍军人，由于积劳成疾，丧失了劳动能力，儿子小松子又患黄疸肝炎，一时无钱医治，二叔四处奔走为他家募捐，孩子终于有救了。我把这张报纸递给原告小松子，说："你看看这事二叔是职务行为呢，还是个人行为？"

接着，我对小松子说，"人要常怀一颗感恩之心，不要逆众人意愿行事，对二叔的工作要补台，不应拆台啊！"

"我的话讲完了，请法官继续审理，谢谢！"

法官进行了当庭调查，并没有当庭宣判。

后来，事隔很久，也没有二叔的消息。

我回老家过年，见到了二叔，他说："至今没有接到法院的判决书，镇政府的领导已找我三次谈话，说我群众基础好，让我重新出任组长，并让我物色和培养好下任的组长。"

听了二叔的话，我的脸上不禁露出了笑容。

二

老家来电话说，老毛爹过世了，让我回去做知客。

到了老家，我和大哥把老毛爹的治丧程序进行了梳理，把能派上用场的人都排上，并让人一一通知。当排到大雨子时，大哥为难了，说："近年来，老家这些闲得慌的叔伯们，因些琐事，有的竟闹到了法庭。不久前，大雨子还和老毛爹的儿子对簿公堂呢。现在，若不让大雨子参加老毛爹的治丧，以后这个结就难解了。"

"要调和他们之间的矛盾，"大哥说，"只有麻叔了。"

于是，麻叔在我的记忆中渐渐地清晰起来——麻叔因小时候出天花，水疱经了风后，有三五个小坑散落在脸上。后来，人们就把他的名字丢了，不管在什么场合，也不管他在与不在，只要提到他，就叫他麻子。麻叔可能听得惯了，并不生气，只是有晚辈喊他麻叔时，他瞪着一双眼睛，说："这孩子，喊叔就行，非得带个麻字吗？"麻叔反对无效，我们这些后生仍然叫他麻叔。

大集体时，麻叔做生产队长，在他的带领下，我们生产队率先实现了半机械化。那年是他从县里开回一台手扶拖拉机，人们都惊得咋舌——因为他从未学过机械，斗大的字也不识一个，竟能一看就懂，一学就会。

麻叔虽然不识字，但，他知人善用，二叔是老三届毕业生，他就让二叔去管理这些机械。

大包干那年，麻叔就从队长的位上退了下来。

大包干给人们带来了富足的生活，但有些问题也日益彰显。队长不再像从前那样一呼百应了，每家都有自主权，邻里间纠纷不断。麻叔就穿梭于这些矛盾之间，苦口婆心，化解了不少矛盾。想到这，我让大哥把麻叔请来。

麻叔来了，一脸的笑容，说："老了，不中用了，现在遇事啊，都靠你们这些年轻人了。"

我说："麻叔，现在老家遇上红白事，都是左邻右舍的叔伯妯娌帮忙，不用说，大雨子的事你了解得更透彻。俗话说，中间无人事不成，看来大雨子的事还得请你走一趟。"

麻叔深深地吸了口烟，说："大雨子算得上窝里横，不怕斗得狠，就怕断往来啊，不知他认不认这个理了。"麻叔说着吐出一圈烟雾，紧锁的眉头有些舒展，说，"尽管这样，我愿意试试。"

麻叔走后，我来到老毛爹的灵堂，对孝子试探着说："假如大雨子来吊唁，你们反不反对？"

"只要他来敬重我的先人，所有的积怨一笔勾销。"孝子的态度一点儿犹豫都没有。我心里的石头落了一块。

晚霞，把西天烧得通红。村庄，升起袅袅炊烟。一群小鸟落入门前的杨树林，沸腾了一天的村子静谧下来。

然而，我的心却无法平静，想到了麻叔，还有那窝里横的大雨子，一抹愁绪不禁袭上心头。我漫步村头，放眼远眺，搜寻着那熟悉的身影……

渐渐地，夜降下了帷幕，从后庄传出几声犬吠，接着，有两个身影向前晃动。是麻叔，另一个是大雨子。

终于，我心里又落了一块石头。老毛爹丧事上，大雨子十分卖力。麻叔是怎么做通大雨子思想工作的，这一疑问又萦绕在我的脑海。过完丧事，终于找到一个单独和麻叔叙旧的机会，我迫不及待地问："麻叔，你和大雨子说了些什么，他就跟你来了？"

麻叔看着我，眼睛眯成了一条缝，用手挠了挠头，说："你们这些文化人啊，满肚子弯弯绕，把简单的问题都复杂化了。其实，人生的高度，不是你看清了多少事，而是你看轻了多少事。做人如山，望万物而容万物；做人似水，能进退而知进退啊。把人看简单了，就那么简单。"麻叔的话讲完了，这些话，从此让我重新审视麻叔了。

其实，麻叔并没有正面回答我的问题。他的话，我细细一琢磨，越想越觉得是那么回事——人啊，是该简单些！

带着泥土气息的云朵
——评小说《家事二题》

马丽华，中学高级教师，江苏省作家协会会员，
出版过散文集《青丝红豆戒》。

金秋，难得的秋高气爽，难得的蓝天白云，云朵仿佛巨大的棉花糖开放在一碧如洗的蓝天。庄稼早已归仓，一垄垄金黄的稻茬站立在田野。乡间窄窄的泥土路上，行人边走边躲闪积水的车辙，远远望去仿佛在扭着快活的秧歌。乡间特有的泥土气息氤氲着每一个生命，到处流动着秋天的热腾，仿佛是欢庆收获的一场极致盛宴，是一年辛苦劳作的丰厚回报。

这是我阅读颜士富老师《家事二题》时，从字里行间浮现到眼前的乡间场景。

颜老师的"家事"其实是家族之事。苏北乡村，一方德高望重的乡贤是农耕时代的乡村主心骨，是宗法伦常的评判者，是邻里间纠纷的调解员。他们不仅精明能干，更重要的是古道热肠，出自内心为生之养之的一方土地上的乡里乡亲做实事，常常穿梭在矛盾之间，苦口婆心，大事化小，小事化了。麻叔就是这样的人，只有他能把曾经和老毛爹的儿子对簿过公堂的大雨子动员过来参加老毛爹的治丧活动；二叔也是这样的人，当年为了村里，他强行把三蛮叔的树刨了，当然他家的树也被三蛮叔砍了。为了兄弟情谊，他甘愿个人吃点亏，没想到被四侉叔的儿子

告上了法庭。一番周折，他还是重新出任组长，不为名也不为利，为的是一颗执着的赤诚之心。这样的乡村脊梁，总让人想起一句诗：为什么我的眼里常含泪水？因为我对这土地爱得深沉。

只有对自己曾经生长的农村怀有深厚感情，只有依旧与那方土地上的乡亲保持着难分难舍的联系，只有心头常常回荡着这样的诗句的人，才会写出如此感人的形象。更难得的是颜老师写作《家事二题》不是站在局外人的角度来讲述，他完全融入那方土地的生活，他是一系列家事的亲历者：他在法庭上为二叔讲公道话，做老毛爹丧事的知客，他在孝子和大雨子之间周旋调解……

颜老师善于用乡村的语言进行细致的描绘，那些具有地域特色的乡土语言传递了惟妙惟肖的乡村气韵，展现了本色的乡土生活。就连人的名字都有泥土气息：因小时候出天花而得名的麻叔，三蛮叔、四侉叔、小松子、大雨子，还有那些有时代特色的词汇——大集体、生产队长、手扶拖拉机、老三届。这些就像乡间的草木一样随处可见，随手可拈。

更为难得的是在短短的篇幅中，颜老师还展示了美丽的乡村风光。"晚霞，把西天烧得通红。村庄，升起袅袅炊烟。一群小鸟落入门前的杨树林，沸腾了一天的村子静谧下来……夜降下了帷幕，从后庄传出几声犬吠。"有过乡村生活经历的人很容易想起那些熟悉的场景，想起炊烟中一个赛一个响亮的呼唤：快来家吃饭了，大毛、二狗、小三子、王小四，吃饭！随着一声声稚气的应答，那些灰头灰脑的大毛二狗们从草堆、树丛中钻出来，直奔家里饭桌。童年就这么浮现出来，眼前心头满是烟火味的乡村、泥土色的乡亲、村野气的乡间。

每年有那么几个日子，我父亲总要到老家为我的曾祖父扫墓。

今年回来说曾祖父墓所在的区域已被规划成公路区域。我父亲又对我说幸好你祖父有远见，多少年前就说过如果遇上这类事，也不要动迁了，就在原址把棺木下沉即可。父亲叹口气说："成了公路，将来倒是不用扫墓了。"说完一阵沉默，我也沉默了，虽然我的祖父早已带着家人走出老家，走到所谓的城里安家落户，可是家族的根脉还在老家，也许以后就永远沉在公路下。作为后人，除了沉默，还能做什么……

相形之下，倒是为颜老师庆幸，他有亲切温暖的老家，有质朴可爱的乡邻，可以参与父老乡亲的婚丧嫁娶和生老病死，欢喜着那块土地上的欢喜，忧伤着那块土地上的忧伤。

即使早已从那块土地上走出去，即使成为高高飘荡在城里的云朵，却依然带着泥土的气息——云朵的老家始终在乡村。

井水不犯河水

古镇以井出名。

薛仁贵征东时在此安营扎寨掘下72面琉琉井。其中东大井西大井相隔一里，井底相通，深10米，水清澈甘甜。井水每年除夕干涸一次，次日清晨水升出，并高于地面一尺余。越是天旱水位越高，百姓称二井为神井，方圆八九里的乡亲都饮用此水。

相传，井内有鱼——鲤鱼身黑鱼头。一般不现，只有气候变化方现出。清末，有一张姓挑水卖，挑到一对鱼，周围人都叫他送回去，他执意把它串起来晒，鱼死，张姓吐血身亡。此后，凡担水有鱼就用托盘将鱼送回井内，并放鞭燃香。还有井栏有许多水绳槽子，怎么也数不清，数几次就是几个不同的数字，绝不准确。一日，山东一卖碗的怎么也不信其事，一边数着，一边用碗卡上，结果数字准确了，人却得了一场大病，险送性命……

关于神井的传说很多很多。

1939年夏，一队鬼子来到古镇，还在古镇筑了炮楼。鬼子在古镇烧、杀、抢、掠，无恶不作，百姓恨之入骨。

一日午后，狂风大作，暴雨倾盆。一夜过后，沟满河平，雨连下数日不歇，洪水压境，方圆几十里水天一色，井全被洪水淹没。

然而东西两大井的水打着旋，清浑分明，水仍然清澈甘甜。百姓都撑着小船去取水。

此时，鬼子却乱了方阵，因饮用洪水而出现了霍乱，百姓竟无一例。鬼子队长发现这一奇迹，把百姓都集中到村头，用刺刀逼着赵老汉说："你的，吃的什么水？不说统统死啦死啦的。"

丧心病狂的鬼子什么缺德的事都能做出来，为了保护百姓的生命，赵老汉还是实话实说了："吃的是井水。"

"你的前面的带路。"鬼子押着赵老汉去找井。

赵老汉把鬼子带到东大井说："就在这里。"

鬼子看着滔滔洪水，声嘶力竭地喊道："你的良心大大的坏啦。井被洪水淹没了，还敢欺骗皇军。"

"我看到了洪水中清澈的甘泉，"赵老汉说，"你们为什么看不到？看来，看来是天意。"

"八格。"鬼子说着就向赵老汉的大腿猛刺一刀。

赵老汉忍着钻心的剧痛，双目仇视着鬼子，说："中国有句古话，叫井水不犯河水。中国人什么时候得罪你们啦，你们闯进中国，杀人、放火……你们连这肆虐的洪水都不如，是一个地地道道没有人性的民族……"

　　"砰砰……"

　　赵老汉倒在血泊中。接着鬼子向东大井狂轰滥炸……

　　鬼子并不甘心，派汉奸大徐悄悄跟踪百姓，发现在西大井取水后，鬼子队长得意地笑了起来。

　　鬼子划着橡皮船到了洪水中的西大井，看着纯净的井水，舀到桶内就成了浑浊的洪水……

　　后来，终因没有水吃，鬼子不得不撤出了古镇。

　　新中国成立后，古镇修复了72面琉琉井，并对外开放，成了旅游胜地。

　　一日，来了一队日本客商，对东西两大井又是拍照又是摄像。接着一日本姑娘问导游："听爷爷说，这井被洪水淹没了为什么还清浑分明，水纯净甘甜？"

　　导游沉思了片刻，说："井水不犯河水。"

"画龙"重在"点睛"
——评小说《井水不犯河水》

洪卫国

时隔数年,再读《井水不犯河水》,就像品一盏历久弥香的陈年老酒,还是禁不住地要为之击节叫好。

这篇小说最早发表在《郑州日报》(2005 年 3 月 23 日),后被国内多家报刊转载,是颜士富先生为数众多的微型小说当中最为出彩的篇什之一。

当代著名作家冯骥才曾说微型小说的产生是纷繁的生活在一个点上的爆发。它来自一个深刻的发现,一种非凡的悟性和艺术上的独出心裁。

《井水不犯河水》便是如此。

这篇小说的取材与战争有关,但作者并没有以某一场战斗开篇,而是宕开一笔,先写古镇的那两口颇具灵性的"神井"(东大井、西大井)。这"二井"确是神奇,譬如"越是天旱水位越高""井栏有许多水绳槽子,怎么也数不清,数几次就是几个不同的数字"。甚至,还有一姓张的,因为挑水"挑到一对鱼"串起来晒,结果,鱼死,他也"吐血身亡",等等。这些情节的编排很有些古典笔记体小说的意味,看似闲笔,实则是一种造势和渲染,既给读者带来了奇妙的阅读快感,也为故事的推进作了有力的铺垫。

客观地讲，颜士富先生是一个有着敏锐洞察力与感悟力的作家。生活中的寻常人、寻常事、寻常的片段，到了他的笔下，都可以见微知著，化平淡为神奇，于尺幅之内承载丰厚的题旨，也即冯骥才所说的"深刻的发现"。于是，传说中的神井更"神"了，在国难当头的时候，似乎化作了万马千军，退敌御侮。

作者这样写道：

某年夏，"雨连下数日不歇"，方圆几十里全被洪水淹没。驻扎在古镇的一队鬼子因饮用洪水而出现了霍乱，百姓竟无一例。原因是"东西两大井的水打着旋，清浑分明，水仍然清澈甘甜，百姓都撑着小船去取水"。后来，鬼子通过逼迫或跟踪，也找到了这两口井，但"看着纯净的井水"，等到被鬼子"舀到桶内就成了浑浊的洪水"。这队鬼子终因没有水吃，撤出了古镇。

可这是为什么呢？由于篇幅的限制，微型小说有"把艺术打击放到最后"一说。这也是这篇小说的最大的一个亮点了。且看：

新中国成立后，古镇修复了72面琉琉井，并对外开放，成了旅游胜地。

一日，来了一队日本客商，对东西两大井又是拍照又是摄像。接着一日本姑娘问导游："听爷爷说，这井被洪水淹没了为什么还清浑分明，水纯净甘甜？"

导游沉思了片刻，说："井水不犯河水。"

这个结尾堪称神来之笔啊。一言既出，整篇小说的境界瞬间升华，闪现出摇曳多姿的精气神来。同时，也画龙点睛，一语道破，借"河水""井水"的比喻性意义，言简意赅地表达出对战争的反思，对和平的祈盼。

巴尔扎克说过："艺术就是用最小的面积，惊人地集中了最大量的思想。"这篇小说不足千字，写到这等境地，近乎天成。四两之所以拨动千斤，靠的不是孔武有力，而是"非凡的悟性"，或巧劲儿。

事实上，颜士富先生能有这等"悟性"、这般"巧劲"，也并非天赋使然，还缘于他长期扎根基层，日积月累，厚积薄发，逐步建立起来的深厚的文学功底和素养。有一件事，我至今记忆犹新。

2019年6月，我有幸参加了"根深叶茂：作家走进生活——中国文学名家看泗阳见面会"。互动时，北京作协副主席刘庆邦说，小说是以故事见长的，但故事不等于小说。我当即向颜士富先生讨教：小说与故事到底区别在哪？他没讲什么概念化的道理，只举了个很生动的例子：

一个人被抓了，第一天被上刑灌辣椒水，没招供；第二天坐老虎凳，仍没招供；第三天用美人计，招了。到此，简单的一个转折完成，但这只能是故事版本。等到第四天，他还想招时，全国解放了。这个结尾也是情节上的一个"陡转"，却让人不自觉地陷入了沉思：如果"那个人"过得了美人关，再坚持一天，是不是命运迥异了呢？这应是小说写法。

我听了，顿时豁然。两相比较，《井水不犯河水》不也异曲同工吗？

苦恋

那天，是孙昊才嫁女的日子，成子湖方圆几十里有名的乡绅都前往贺喜，人来人往，车水马龙，那场面风光十足。

傍晚，催轿的鞭炮响过三次，伴娘手托嫁衣移步厢房，说："小姐请更衣。"

伴娘的话梅香并不理会，似有重重心事。伴娘又说："时辰不早了，迎亲的轿子候着呢。"

"知道了。"梅香并没有更衣的意思。

斜阳已挂枝头，摇摇欲坠。一挂长长的催轿鞭又响起，接着似有唢呐《百鸟朝凤》由远及近，出神入化，高如呐喊，撕心裂肺，低如窃窃私语，愁肠九转……

梅香知道吹奏唢呐的是牛娃，他们是青梅竹马的一对。牛娃是个苦孩子，父母都是渔民，牛娃10岁时，他的父母在一次捕捞中丧生，牛娃就随成子湖的丁瞎子学艺，一手唢呐吹得惟妙惟肖，十分传神。梅香清楚牛娃心里放不下她，然而，父母之命难违……

牛娃是为心上人吹的唢呐，梅香更是知音——每一曲调都在传递他的心声，百鸟啁啾，仿佛青年男女谈情说爱，梅香早已入迷了。当曲至尾声，那秋娘齐鸣，声嘶力竭。梅香知道，这是控诉的无奈的哀鸣。此时，梅香的眼角不禁有泪滑出。

曲终，梅香轻轻地叹了口气，说："更衣。"

天色已晚，迎亲队伍浩浩荡荡走出孙家。梅香嫁的是泗州城旺族贾孝天家，中途要乘船经成子湖。

成子湖浊浪排空，烟波浩渺，迎亲的船被湖水推来搡去，颠沛于湖面。船家面对湖面，长叹一声，说："湖面风疾浪涌，又是黑夜，是不是要找个避风港停歇一宿，次日再行？"

"不行呀，"管家说，"误了婚期怎么向东家交代呢？何况少东家还等着拜堂呢！"

船继续在湖面漂行。

不远处，一叶小舟迎面漂来，隐隐约约一人立于船头，手执唢呐，一曲《抬花轿》宛转悠扬。

管家朝小舟抱了抱拳，说："代东家谢了。"说着转向一边道："封喜钱。"

一个红包向小舟扔了过去。

对方接过红包，取出钱币，一枚枚抛向水面，说："这个有臭味，我要见新娘。"说着小舟就向娶亲的船靠过来。

梅香闻听唢呐声，已移步出舱，立于船沿。待小舟靠来，迈出金莲，不禁一脚踏空落入湖水。伴娘惊呼："救人啊，新娘落水了……"然而迎亲队全是旱鸭子。

小舟上的人纵身一跃，托着梅香向远处游去。

次日，孙昊才下令，活见人，死见尸。

通过打捞，在水底捞出一对尸体，他们死死相拥，无法掰开。经辨认，一个是梅香，一个是牛娃。

孙昊才听了管家禀报后，不禁放声恸哭，富贵由命，生死由天，不该逼她，长叹一声，说："罢了，成全他们吧！"

按孙昊才意思，家人在成子湖大堤掘一墓穴将两人埋葬。当填完最后一锹土时，天空乌云密布，狂风骤雨，连下三日未有停歇。

每夜，从成子湖上空隐隐约约飘来唢呐独奏《入洞房》，曲调或悲或喜，愁绪如麻，似断人肠。

三日后，雨歇，从坟上钻出两棵苦楝树，树冠如伞，婆娑摇曳，远视如一对青年男女耳鬓厮磨。

有人说，一株是牛娃，一株是梅香。

倾"湖"之恋

——评小说《苦恋》

张月明

张月明，江苏省作协会员，中国微型小说学会会员。作品见于全国各级报刊。

　　《苦恋》很通俗，简单，明了，平白如话，十分地好读。小说写的是什么呢？自由恋爱。一个情窦初开的少女梅香爱上了一个情窦初开的小伙子牛娃。梅香父亲却要把女儿嫁给泗州城旺族贾孝天公子，即便梅香极不情愿，但是父命难违，迎亲之日，只能就范。迎亲队伍中途要经成子湖黑夜乘船。是时，牛娃撑一叶小舟，尾随迎亲船队。梅香闻听牛娃唢呐声，移步船沿落水，牛娃亦随梅香投湖。人们感其忠贞不渝，于湖堤掘一墓穴合葬。

　　就这么一点情节，一个小学五年级学生都可以读明白。可我要在此提醒，千万不要小瞧了"平白如话"这四个字，这要看"平白如话"是谁写的。在颜士富这里，"平白如话"通常是一个假象，他的作品有时候反而不好读。作者并没有刻意藏着、掖着，一切都是一览无余的，但是，它具有特殊的内涵和味道。在我们的古代文学史上有一个很难讲的诗人，那就是白居易。"浔阳江头夜送客，枫叶荻花秋瑟瑟。主人下马客在船，举酒欲饮无管弦。醉不成欢惨将别，别时茫茫江浸月。忽闻水上琵琶声，主人忘归客不发……"

都是大白话。老实说，作为一个作家，我一看到这样的词句就想撞墙。为什么？这样的口语化诗，看上去谁都能写，但你写出来了，就是不能百世流芳。

《苦恋》是一个男女恋爱的悲剧故事。牛娃和梅香，情节有点像"梁祝"。有趣的是小说的结构极其简单，可以说眉清目秀，每句话开头都是独立的一行，像眉毛。

第一个部分，"是孙昊才嫁女的日子"，顺着嫁娶场面，作者描写了"梅香并不理会，似有重重心事"，"接着有唢呐声《百鸟朝凤》由远及近，撕心裂肺，愁肠九转……"通过唢呐声，引出梅香恋爱对象牛娃，牛娃是渔民所生的孤儿，一手唢呐吹得惟妙惟肖。曲终，梅香通知更衣启程。篇幅是十分之四，差不多是小一半。

第二个部分，迎亲队伍往泗州城方向，中途要经成子湖黑夜乘船。船队颠沛于湖面。一叶小舟迎面漂来，有人立于船头，手执唢呐，一曲《抬花轿》宛转悠扬。梅香闻声，移步船沿，落水；小舟上人纵身跃湖，托着梅香向远处游去。仅此而已，篇幅也是十分之四，差不多也是小一半。

第三个部分，梅香被打捞上岸、双手死死相拥牛娃，无法掰开。梅香父亲感念其真情，成全了这对恋人！于湖堤掘一墓穴将两人雨中合葬。三日后，坟上长出两棵苦楝树，传说一株是牛娃，一株是梅香。篇幅只有十分之二，差不多是小一半的一半。

我敢说，换一个作者，一定不敢选择这样的比例关系。这样的结构是畸形的，很特殊。但是最畸形的作家可不是颜士富，而是汪曾祺。汪曾祺的许多作品，常带着读者往想象空间跑。眼见得就要跑远了，他在结尾的部分悄然一变，猝不及防又把你拉到另一个出乎预料的空间。这不是静态平衡，是一种动态的平衡。汪曾祺这样的描写方式在颜士富的《苦恋》里非常凸显：牛娃救了梅香，托着梅香向远处游去……"远处"很合乎民间故事中读者的倾向心理。

但是，期待的幸福场面并没有出现，也不是以悬念画圈收场。颜士富却出乎预料地安排了梅香、牛娃双双被打捞上岸。这样的描写方式在《表叔的幸福生活》《六姑》等小说里也多有体现，就像古运河边摇曳多姿的风中的芦苇。

作家和严格意义上的知识分子是有区别的，颜士富讲究的是人性和趣味，而不是彼岸与真理。他作品的氛围是平静、平和、平常心，属于小人小声说小事那种，看不到壮怀激烈。但有一个标准，那就是不偏不倚、不左不右、不前不后、不上不下、不冷不热、不深不浅，这个标准也可以说是意识形态在美学上的具体体现。为此，颜士富在《苦恋》里没有明显立场倾向，对笔下塑造的任何人物既没有恶意描述，也不作刻意描绘。比如对梅香父亲孙昊才、泗州城贾孝天、少东家、贾府管家，无不是"会心"地一笔带过。

《苦恋》的语言是淡淡的、自由的，甚至是飘逸的、诗意的。为了证明我所说的话，可以做一个语言实验，把《苦恋》拿出来，大声地朗诵。只要你朗诵出来了，你就可以感受到那种语句里包含着内在的韵律。当然，有些作家的作品是可以朗读的，有些作家的作品却不能。颜士富是一个不玩噱头的作家，不来玄的，起笔就往明白里写。这是作家自信的一种标志，因此他笔下描写的世俗场景，犹如一幅特定的民间"风俗画"。

《苦恋》的另一个问题，还是关于结构的。颜士富出人意料地为小说安排了殉情结局。要知道生与死是矛盾的关系，是冲突的关系，是不可调和的关系。一个尖锐的矛盾业已存在于小说的内部，作者没有写下去。这是一个有可能牵扯到命运、道德、宗教教义、社会舆情等的重大社会问题，也有可能牵扯到挣扎、焦虑、抗争、欲罢不能等重大的内心积压场景，这也是文学或者小说时常面对的一个题材，小说的第三个部分没有任何戏剧冲突出现，一点影子都没有。

颜士富不在意所谓的重大题材，他也许没兴趣，他也许写不动。他的文学诉求，就是生活的基本面。在颜士富看来，这个基本面才是文学最为要紧的题材。具体一点说，那就是日常，那就是饮食男女。落实到《苦恋》上，基本面就是一个"爱"。这是人性的刚性需求，任何宏大的理由和历史境遇都不可阻拦。你要想阻挡我，那我就一定要突破你，突破口就是以死相抵。换句话说，你让我得不到，你也别想得到。这不是鲁迅式的，鲁迅是战士，是匕首。这是沈从文式的，当然也是颜士富式的。

颜士富写小说很有意思，他很讲究结构，却不太重视情节，甚至很少用对话，这肯定不是因为微型小说的篇幅。我们要是调侃他一下就是：他不介乎势能，还要情节干什么呢？说颜士富的小说是"散文化"的小说，原因就在这里。

诗歌到语言为止，散文到短篇小说为止，从这个意义上说，短篇小说是对散文的降低；可是，你也可以把它理解成短篇小说是对散文的提升。小说的散文化在中国现代文学史上是一场革命。从鲁迅、郁达夫、庐隐到废名、沈从文、萧红，他们的小说与中国传统小说相比，小说的本质已不仅仅是讲故事，它还可以抒发一种情怀和感受，故事情节明显弱化。究其原因，一是现代小说家受中国传统文学的影响，强化了小说的抒情性，追求"小说的情调"和"小说的意境"；二是"五四"以后作家模糊文体界限，追求小说的"诗趣"。颜士富延续了"香火"，足够我们尊敬。

老甄和老贾

老甄和老贾是同学。

老甄品学兼优，考进贸易学院，毕业后被分配在一家基层粮管所任保化主任。

老贾虽然中途辍学，因农转非被安置在同一家粮管所，现在也做了业务主任。

保化负责粮管所所有仓库内的粮食安全，抛头露面没有他的份；业务主任负责粮食的购销，整天在外东奔西跑。同是副主任，老甄就没有老贾潇洒了。老贾穿得西装革履，贼亮的皮鞋，走在晒场上"咔咔"直响……老甄每天穿着一双解放鞋，在仓库爬高下低，检测粮温，出来就是一身土。

老贾在外跑得多，见得也就多，回来后职工们就围着老贾，老贾云天雾地地吹，职工们听得津津有味。

近年来，国家对粮食系统出台了一系列改革措施，现在正面临改制，改制也就意味着有一部分职工下岗，一时间人心惶惶，不知所措。这时老贾就更吃香了，职工都认为他在外信息灵。只要老贾一回来，职工就围着他转，听他讲些小道消息——"现在呀会干的不如会吹的，会吹的不如腰包里鼓鼓的。常言说得好，火到猪头烂，钱到事事办，有钱能使鬼推磨，无钱就做推磨鬼……"

这时，老甄正从老贾门前过，听到老贾的话气就不打一处来，他闯进屋内对老贾说："看来你的副主任就是拿钱买的！多少钱跟大伙说说，依我看，论水平论资格哪位比不上你？怎么官就轮上你了？"

老甄这么一责问，老贾立刻换了一副笑脸说："别那么认真了，我随便说说，你可别当真啊！"老贾表面这样说，心里却跟老甄较上了劲：不服！咱骑驴看唱本——走着瞧！

老甄也很自信：凭业务水平，我能输给你？咱考场见分晓吧！

结果还真出乎老甄的意料，自己名落孙山了，而老贾那小子"考"了个高分，还捞了个重组后新单位的副经理。对此，老甄不服，然而，不服没有用。

一日，老贾找到老甄，说："老甄啊，听说你要走了，今晚上我请客，就咱俩。"

"好啊！我也多日没有喝酒了，借酒消愁啊。明天我确实要离开这里，就算是咱俩告别酒吧！"老甄说。

老贾和老甄说着闹着来到一家酒店，点了几道菜，要了两瓶"节日优"。老贾把瓶盖拧开，倒了两碗，端起一碗就是底朝天了，说："感情深，一口闷。咱今天喝的是掏心窝子酒，谁不喝谁孬种。"

"喝！"老甄端起碗一饮而尽，把空碗朝老贾面前一放，说，"再满上。"

一醉解千愁。几碗酒下肚，老甄两眼汪着水直打旋，说："你小子虽然考得比我好，我还是不服你。"

"哈哈哈……"老贾放下酒碗，狂笑不止。

"你、你、你小子是不是嘲笑我下岗了？"

"屁！"老贾半晌才说，"你小子到什么时候才能开窍呢？考试，那是鸡毛揣屁股——绕眼子。你有没有找关系？"

"找了，其实事情已经过去了，今天兄弟我也不瞒你，你猜这事我托到谁了？"

"县委书记？"

老甄摇了摇头。

"县长？"

老甄又摇了摇头。

"那是谁？"

"再猜！"

老贾有点不耐烦地说："莫不是局长他爹？"

"算你有眼。"

"送的什么礼呀？"

"两瓶脑白金。"

"你这呆子上了电视广告的当啦！你那两瓶脑白金可能第二天就被局长提到廉政办去了。"老贾停顿了一会儿又说，"现在时兴这个，"老贾继续说，"声明一点，咱兄弟今天喝的是掏心窝子酒，既然如此，我也不瞒你，我把50张老人头装在信封里，晚上送到局长家，说这是他战友托他买点酒，让我带给他的。"

"这不是让他买酒吗？"

"对，这就是只可意会，不可言传啊！万一出了差错，大家都有退步。"

听了老贾的话，老甄如梦初醒，久久地久久地才从牙缝里挤出一句："乖乖，原来钱比他爹还亲哩。"

"来，喝酒喝酒，此地不留爷，自有留爷处，有道是人挪活，树挪死，说不准你小子还因祸得福呢。不过有一点你要记住，这是千古不变的法则——有钱能使鬼推磨啊！"

"不！"老甄直视着老贾说，"你看着我的眼睛，今天我也告诉你一个不变的法则——钱，固然很重要，用得不当也能使人堕落，弄虚作假能瞒得了一时却混不了一世，这个社会不会埋没人才……"这晚，老甄、老贾聊了好久，说的是醉话，也是心窝子话。

次日，老甄迎着朝霞依依不舍地离开了他工作生活十余年的粮管所，到另一个天地去打拼了。

不久，县粮食局局长利用改制收受贿赂被查处，拔出萝卜带出泥，老贾因贪污行贿也被判了刑。

老甄辗转一年，被一家合资企业聘为副总。

在一个假日，老甄备了两瓶酒来到某劳改农场。在探视室内，管教说："老贾不想见你，说没有你这样的同学。"

老甄沉思了片刻说："既然他不见，我也不再强求，我知道他无颜面对现实。请您转告他，我时刻都在惦记着他，我会尽力照顾好他的家人。这两瓶酒我就带回去了，我还欠着他一顿酒情呢，我时刻记在心里……"

清晨，老甄坐上返程的班车。透过车窗，他看到了一抹阳光洒向大地，碧绿的田野显得格外精神，此时，他心潮澎湃，思绪万千……

他在生活的罅隙里挖掘微光
——评小说《老甄和老贾》

冯伟利

冯伟利，女，汉族，1970年12月出生，沭阳人，宿迁市作家协会会员、宿迁市文艺评论家协会会员、宿迁市散文家协会会员。2010年开始业余文学创作，评论、散文、杂文、小说、诗歌全面涉猎。其中，部分文章被《楚苑》《连云港日报》《宿迁日报》《大湖徐风》《石榴》《虞美人》《宿豫文艺》《新城文学》等报刊刊登，大部分文章在网络文学网站上发表，也有部分文章在征文比赛中获奖。

既然一斑能窥见全豹，那么，一文也就能尽显乾坤了。就让我们从颜士富先生的一篇微型小说《老甄和老贾》说开来吧。"尺牍书疏，千里面目"，相信，通过和它无声的交流，我们能够学习借鉴到很多东西。

很明显，颜士富先生的这篇微型小说创作，聚焦现实生活，直面曲折人生，褒贬人性善恶，带有鲜明的时代色彩。记得批评家卓今曾经说过："作家是文明和正义的守护者，在社会转型时期，在重大而艰难的思想问题面前，不应该回避。"鉴于此，我想，颜士富先生做到了，并且做得很好。他的这篇作品，似一把短小的利锹，从容不迫地在生活的罅隙里挖掘微光，不回避，重现场，聚沙成塔、集腋成裘，能指出自己所思考和坚守的东西，体现出一名称职的写作者严肃的三观标准以及脉脉的人文关怀。他，是一名地地道道的文明和正义的守护者。

此篇小文本，规避了小说创作的诸多常规技巧，比如伏笔、照应、留白等应用手法，也没有一般架构上的"抖包袱"和"耍噱头"。颜先生只是气定神闲、游刃有余地指挥着手中的鼠标，在荧光屏的闪烁光波里，叠加堆码出自己对生活素材最本真的情感运用以及最简洁的艺术表达，从而达到自己行文的目标和目的。

文本中两条故事线索自然顺延，将两位主人公的不同人生历程以及生活际遇，以社会大转型时期的政治背景作为挥锹大气场，以交叉平铺的手法娓娓挖来，发人深思，催人猛醒。

曾经是同学的高学历老甄和低学历老贾凑巧同在一家基层粮管所工作，又先后升任主任一职，前者管保化，后者管业务。现实是残酷的。负责粮食购销整天奔走潇洒的老贾，"穿得西装革履，贼亮的皮鞋，走在晒场上'咔咔'直响……"而负责仓库内粮食安全做事踏实稳重的老甄呢？只能是"每天穿着一双解放鞋，在仓库里爬高下低，检测粮温，出来就是一身土……"并且在后面发生的国家对粮食系统的改制考试中，稳操胜券的老甄倒是没考过不谙业务的老贾，而被迫下了岗。重组后捞了个新单位副经理一职的老贾，在给老甄的送行宴上，乘着酒劲说出了胜考的秘密："我也不瞒你，我把 50 张老人头装在信封里，晚上送到局长家，说这是他战友托他买点酒，让我带给他的……"并且一再提醒老甄，"有一点你要记住，这是千古不变的法则——有钱能使鬼推磨啊……"

结局如何呢？老贾最终因贪污行贿进了牢，老甄凭真才实学"被一家合资企业聘为副总"。

这个文本，在寥寥不到两千字的有限篇幅里，不复杂，但有精剖；不充沛，但有挚情；不诗意，但有启思。也难怪，微型小说篇幅短小，岂能容得了作家在这方寸时间尽情施展出十八般武艺？但是，分明地，这并没阻挡住颜士富先生对诸多细节方面的精准处理，特别是借用语言这一特殊的表达工具，无论对人物的刻画，环境的描写，还是对氛围的渲染，都产生了举足轻重的效能和结果，富有表现力和感染力。语言的干净利落、生动形象，十分符合人物的身份，贴近人物的性格特征，尤其是近结尾一段，借用主人公的话语，给读者留下无尽的思索和检省，他"直视着老贾说："你看着我的眼睛，今天我也告诉你一个不变的法则——钱，固然很重要，用得不当也能使人堕落，弄虚作假能瞒得了一时却混不了一世，这个社会不会埋没人才……'"

毋庸置疑，颜士富先生的作品旨在对道德力量的彰显、律治力量的加持，以及对奋斗力量的肯定。这是蕴藏在作者身上的一种精神寄托，也是沉潜在作者身上的一种情操宣泄。他通过长期的人生积累，赋予自己观察生活的独到视角，他把深情的目光款款地投向社会底层，敏锐地触摸到艺术之美，并甘之如饴地迸发出创作的灵感和冲动。

风趣，往往源自一个作家对生活的深刻理解和洞察，当然，也指定源自作家对生活的热情与爱恋。"火到猪头烂，钱到事事办""鸡毛揩屁股——绕眼子"……文中一些方言、俚语、歇后语的巧妙运用，让原本严肃的题材，多了一点风味，多了一些轻松，这就如一缕轻柔的春风，亦如一支宝贵的润滑剂，把许多不可能化为了可能，增强了文本的生动性、说服性和耐嚼性。

值得一提的是，读完文本，你神思闪烁的不经意间，就会恍然大悟，原来，作家用两位主人公"老甄"和"老贾"来做文章的标题，用意之深是再明了不过的。"老甄"，即"老真"；"老贾"，即"老假"。真东西久存，假东西虚妄。终极造化总会公道地还原事物本来的真实面目。从这篇微型小说中，不难品读出颜士富先生构思的精巧和匠心。

金无足赤，璧有微瑕。假如非得从颜先生这篇文本里鸡蛋里挑出一点骨头来的话，窃以为文本近结尾那段描写老甄为了应对考试，也送了局长他爹两瓶脑白金的情节，似乎有悖人物个性的设计以及文本整体逻辑的架构，删除这一段对话文本是否更为妥帖乎？当然，这只是阅读中的个见问题，谬解之处，祈请颜先生见谅。

王蒙说微型小说这种文体，她反映了当前的读者对文学的兴趣，对文学的快速阅读的需要。希望微型小说能够出现经典，能够出现进入文学史的东西，也能够对我们这样一种新的状况下的精神生活做出独特的贡献。通过阅读颜士富先生的文本写作，我们有理由相信，他在微型小说的创作道路上，指定会通过不间断的学习、思考和实践，把文学大师的这种希望热情不断地向前推动，对读者的这种快速阅读的需要不断地予以满足，把现时期新状况下人们精神生活的升华不断作为自己独特贡献的义务目标……祝福他，感谢他。

联斋刘

黑泥沟乡政府对门开了一家书画装裱店，专卖对联，故取名为联斋。

联斋老板姓刘，街坊邻里习惯称他为联斋刘。

联斋刘所卖楹联皆为自撰自书，内容有写实、夸张、讽刺、说教、讴歌……深受百姓喜爱，逢年过节或遇喜事皆用联斋对联。

联斋刘写的楹联飘逸洒脱，尤其龙凤字更是惟妙惟肖，十分传神，有一种呼之欲出的动感，堪称一绝。

联斋门前的联子三天一换，内容贴近时事，老百姓都称联斋为政府勤政的晴雨表。

社会治安综合治理那会儿，联斋的门前就贴出一副让人警醒的对联：

行凶行恶，如磨刀之石，虽不见其损，但日有所亏

积善积德，似春天花草，虽不见其长，但日有所增

横批：种啥得啥

楹联字字如针，针针见血。

联斋的楹联非常贴近生活，因此，联斋刘十分注意观察生活的变化，认真倾听过往行人的议论，然后进行综合、分析、整理、加工，如此写出的联子一面市就被抢购一空。

不久前，乡政府搞蔬菜规模种植，乡里进了一批假籽种，乡领导对此又持漠视态度，老百姓很有意见。联斋刘根据这一问题撰写了一副楹联：

和稀泥坑了老百姓

种蔬菜富了卖种人

此联一出，全乡立马传开了，反响很大。

晚上，秘书陪着乡长来到联斋，乡长满脸堆笑地说："我这人就是官僚，对门住着大名人，应该早来造访啊！"

"岂敢劳二位领导大驾，"联斋刘一边让座一边说，"需要什么联子，打个电话，我给你们送过去。"

秘书连忙说："门前的那副对联子刚劲有力，力透纸背，家中还有多少存货呀？我们全买了！"

"哈哈哈……"联斋刘大笑起来，他说，"你们买不起呀！内容在我心里，数量在我手中，况且本联斋有个规矩，

凡索联者，同样内容一人只限一副。今晚不驳二位领导的面子，本联斋免费赠送两副给二位领导，望笑纳……"

"还是打开窗户说亮话吧，我们乡政府在某些方面确实存在一些问题，但政府正在出面协调。这联子的内容有点低调了，不利于党群关系的团结啊……"

"我的联子既然损害了政府形象，那么可以通过法律手段来解决，有言过其实的地方我愿负法律责任。"联斋刘软硬不吃。

见此，两位领导无可奈何地走了。

黑泥沟乡在全县挂不上名，乡长早上八九点钟从县城下来，中午喝一顿酒，下午到休闲中心洗一把澡，傍晚，钻进"小乌龟"，屁股一冒烟就溜进了城。俗话说，人无头不走，鸟无头不飞，乡里的工作像一盘散沙，农业滑坡，工业空白，老百姓议论纷纷。针对这一现象，联斋刘又出新联：

好干部辛辛苦苦任一届

孬领导吃吃喝喝混三年

横批：盼望好官

此联贴出一星期，联斋刘就惹了麻烦——黑泥沟乡政府真的到法院告了他。

黑泥沟的老百姓却支持联斋刘，大家摩拳擦掌，准备为联斋刘出庭作证。说来也巧，这时乡长被一纸调令调走了，一场正欲开庭的官司暂停了。

新任的乡长是女的。女乡长一到任便骑着自行车满乡跑，不足一个月，改造了村小学 154 间危房，又开始筹措资金铺公路。老百姓打心眼里高兴，有力出力，有钱出钱，感谢上级为他们派来了好干部。

此时，联斋刘门上的联子又变了：

现任好过往届

巾帼不让须眉

说好也罢，言坏也罢，新任乡长对联斋熟视无睹。半年时间，法院开了两次庭，原告乡政府都缺席。法院下了份通知，若再次缺席，当自动撤诉……

一日，乡政府召开干部会，新任乡长说："我们应该把百姓的议论当作镜子，时刻检查自己、对照自己，正确看待百姓的监督。我提议，到法院撤出状子。今后，欢迎群众对政府工作提出批评……"

话音一落，掌声经久不息。

不久，联斋又出一联：

富民裕民民心稳定亲民善政

勤政廉政政令畅通拥政爱民

乡镇需要联斋刘

——评小说《联斋刘》

凌鼎年

凌鼎年，中国作协会员，作家网副总编，央视中国微电影与微小说创作联盟常务副主席，世界华文微型小说研究会秘书长，"一带一路"中国文化促进会会长，亚太地区炎黄文化研究会常务副会长，蒲松龄文学奖评委会副主任，世界华文微型小说双年奖终评委。在《新华文摘》《小说选刊》《人民文学》《香港文学》等海内外报刊发表3000多篇作品，出版44部作品集，主编200多本集子，作品被译成英、法、日、德、韩、泰等9种文字。作品获多种文学奖。

颜士富近几年很活跃，又是办刊物，又是策划、操办文学活动，搞得风生水起，红红火火。而他本人的创作也没有耽误，特别是微型小说创作，新作不断，佳作迭现。

《联斋刘》是颜士富参加"全国勤廉微型小说征文大奖赛"的参赛作品，后来还收进了我主编的《选择游戏——全国勤廉微型小说征文作品选》，由中国方正出版社出版，全国新华书店发行。

据我知道，在有些地方，民间喜欢把某些职业与主人公联系在一起，譬如木匠杨、泥瓦陈、打铁张、剪纸姚、修伞李、开锁黄，等等。《联斋刘》就是把一位写楹联的刘先生，简化为"联斋刘"，联斋就是开书画装裱店，专门为街坊邻里撰写联语谋生的。颜士富在文中塑造了一个生活在基层，关注社会，不平则鸣，化作联语，且刚正不阿、一身正气的刘姓撰联人的形象。

联斋刘的特点是所卖楹联皆为自撰自书，而且内容贴近生活，贴近现实，有好说好，有孬说孬，针砭社会，直抒胸臆。他写联是为普通老百姓鼓与呼，看到不正之风、不平之事，就来一联提醒提醒，讽刺讽刺；看到好人好事、新人新事，也来一联，表扬表扬，赞美赞美。不为权贵歌功颂德，不为领导拍马奉承。即便得罪了领导，受到了压力，还是压不弯，砸不烂，顶住、坚持，颇有骨气。

也许，联斋刘撰写联语的水平一般般，带有"张打油"的水平，但不妨碍这人物的鲜活。他写联语，不在于高雅，不在于平仄、对仗，在于普通百姓能看懂，也能理解。

所幸，他碰到了一位好领导，不但把前任乡长告他的官司撤了，还决定把他的联语当作镜子。这相当于《诗经》中的"风"，采风采风，就是采集民间歌谣，以识民情民心。两任领导，一正一反，也多少反映了现实。

应该讲，《联斋刘》的素材来自生活，又高于生活，是一篇接地气的作品，人物也可敬可亲。

乡村、乡镇都需要像联斋刘这样的人物。

一根彩线，一串珍珠
——《联斋刘》的彩线穿珠法

叶敬之

从小学开始学习记叙文，老师就告诉我们记叙文都有线索。线索大概有这样几类：有的以人为线索，有的以物为线索，有的以事为线索，有的以感情为线索。记叙文的所有材料，都依靠这条线索串联起来，使原本杂乱无章的材料变得条理分明。

小说属于记叙文，当然有线索。但是这条线索，不仅仅是串联材料，使材料条理分明，它还起到塑造人物、紧密结构、突出主题的作用。所以我们就送了它一个好听的名字——彩线穿珠。

使用彩线穿珠法比较成功的小说，当数瑞典作家斯特林堡的《半张纸》。它用写在半张纸上的十几个电话号码，通过主人公一连串心酸的回忆，描写了主人公悲欢离合、生离死别的经历，揭示了资本主义社会里小人物的悲剧命运。在这里，十几个电话号码就是彩线，主人公经历的事情就是珍珠。

《联斋刘》则与《半张纸》有异曲同工之妙。

《联斋刘》写的是，在黑泥沟乡政府对面，有一家专门编对联、写对联的店面，因店主姓刘，人们就称之为"联斋刘"。别人写对联，多是一些祝福许愿之类的，联斋刘写对联，则是紧跟乡政府的"形势"，通过对联的形式，把人民群众对乡政府的评价反映出来。

显而易见，这篇小说的线索是"编对联"。但是在以往的小说中，以对联为线索的实在鲜见，《联斋刘》给我们以耳目一新之感，所以这个线索是当之无愧的"彩线"。

全文的"珍珠"有这样几个：一是对联斋刘的总的评价，通过一副对联告诉读者，这个联斋刘的楹联是非常贴近现实的。二是乡里某部门进了一批假种子，乡政府领导漠然视之，联斋刘写了一副对联，批评了乡领导。三是针对乡干部吃吃喝喝现象，联斋刘作对联讽刺。四是对新任乡长的歌颂。五是对新一届乡政府领导为民决策的赞扬。

从比喻的角度而言，小说的每一件事都可以称为"珠子"，而《联斋刘》的材料，则非"珍珠"不足以喻其妙，皆因小说中的五个材料、五件事，用五副对联概括。而这五副对联，不仅符合对联的特征，而且概括性强，对比、对偶、比喻运用巧妙，针砭时弊，激浊扬清，都入木三分。

用其他的方法，也可以表现与《联斋刘》相同的主题，但通过"彩线穿珠法"展现给我们的《联斋刘》，却在主题深刻之外，还多了一层绚丽，美不胜收。正因如此，《联斋刘》在《林中凤凰》刊发后，被《小说选刊》2016 年第 4 期选载。

两个女人

小玉、小霞的丈夫都是部队转业干部，在同一乡政府，一个任宣传科长，一个任人武部长；两个女人农转非后被安置在同一粮管所。

粮管所的工作除了收购就是保管，收购和保管都是男人的事，女人多数蹲办公室，做些财务方面的事，如开票、复核、付款等。而小玉和小霞是半路出家，对账务一窍不通，于是，她俩就被安排在麻袋库，做些修修补补的事。

每天，她俩一块上班一块下班，处得就像亲姐妹。

一

一天中午，刚上班，小玉坐下剪麻袋片准备补麻袋，小霞一眼窥到小玉的腿裆有巴掌大一块湿漉漉的就说，中午又有人偷嘴了吧。

小玉莫名其妙地望着小霞。

小霞看小玉还不明白，就朝小玉的腿裆努了努嘴。小玉就明白了，笑着说，我家的那个就是能力强，你家的活干不了，叫我家的帮帮忙就是了。

算了吧，你家那是千方百计地要把在部队的损失夺回来吧。小霞说。

哎，我问你，你家的在部队多少年？小玉问。

少说也有 15 年。小霞答。

那不把你急死。

怎么能不想呢，除非生理出了问题。我哪能跟你比呢，瞧你那小脸蛋粉嘟嘟的，就像你的名字小玉，惹得成群结队的男人围你屁股转。

男人这鬼东西就是摸不透，吃着碗里还瞧着锅里，见着漂亮小姑娘就走不动路。小玉说。

小霞接着说，可不是，公鸡爱母鸡，母鸡孵小鸡，公鸡太风流，出门乱交妻，得了一身病，回家乱投医，母鸡骂公鸡，公鸡笑嘻嘻……这就是男人的德行。

我们这些痴情的女人哪，就吊死在一棵树上。

……

俗话说三个女人一台戏，两个女人比奶大。小玉小霞有说有笑，不知不觉又到了下班的时间，她俩就一同回家了。

二

次日，她俩又一同来到了班上。

小玉说，今天早晨吃什么啊？

狗日的昨晚没回家，我一个人在食堂吃了点。小霞说。

你不看紧点，是不是在城里尝鲜去了。

借他十个胆，谅他也不敢。

吃鱼吃肉可解馋，说大话能抵什么用，还是实际点，他不是馋吗？每天把他挤干了，看他还到哪馋去。

我哪像你会勾引男人呢，看着他那猴急的样子，我还就是不理他。照你这么说，我还得提防点，说不准哪一天一不留神，我的男人就给你勾引去了。

嘻嘻嘻……

哈哈哈……

她俩甚是开心。

三

这天，小玉小霞又来到班上。

小玉，我想跟你商量个事。小霞说。

是不是书记看上你了。小玉挑逗说。

你这个骚货，离那玩意不下饭是不是。

被小玉这么一逗，小霞想说的正经事给忘了，又和小玉闹了下去……

四

又是一天，她们又共同来到了班上。

小玉突然睁大一双眼睛问，你那天要和我商量啥事呢？

事情都过去了还商量个屁呀。

什么事那么急？

还不是征兵的事，有一个应征对象塞给我一个鼓鼓的信封，晚上我打开一看，当时是又惊又喜，那全是老人头哪。我想问你这事怎么办呢？

后来，那些钱呢？小玉吃惊地问。

让我那死鬼退回去了。

乖乖，太可惜了。

你遇过这类事吗？

我家那是搞虚的，才没有人送他呢，每天喝点溜边酒，惹酒三分醉回家就要那个，烦死了。

可不是，找当兵的就是这样，旱得要命，涝得要死……

五

她俩又一同来到了班上。

听说组织部来乡里考察啦！小霞说。

这次可能要提拔一名副书记呢！小玉答。

你那位活动吗？

男人的事我根本不问。

但愿你家的和我家的都能上！

不可能。

为什么？

只提拔一名，怎么能两人同时上呢？

……

六

不久，组织部下了文，小玉的丈夫宣传科长被提拔成副书记。

其实小霞的丈夫人武部长也很优秀，组织上准备提拔他到另一个乡任副书记，因为有人民来信反映在征兵工作中他的爱人小霞收受征兵对象的钱财，提拔的事就此搁浅了。

从此，小玉小霞好像换了个人似的，上班不再一同来，下班是一前一后，两人从不一起走。

在班上，她俩在默默地补麻袋，再没有从前那么闹，气氛像一潭死水。

大约有半年光景，小霞生病了，就请了长假，再没有来上班。

小霞走后，小玉就一个人来上班，一人补麻袋，沉闷得要死。

忽有一只小老鼠从脚跟溜过，小玉吓得一阵惊呼。

不久，小玉也病了，于是也请了病假。

熟悉小玉小霞的人就问，怎么一对活泼的女人就病了呢？

是啊，小玉小霞怎么都病了呢！

无事的悲剧
——评小说《两个女人》

白 丁

　　俗话说：病从口入，祸从口出。两个无话不谈的好姊妹闲扯扯出了事儿，终成陌路。读了《两个女人》，心中不免有些感叹。"害人之心不可有，防人之心不可无"，"话到嘴边留三分，未可全抛一片心"，看来老祖宗的话还是有几分道理的，至少在这两个女人身上是适用的。

　　我们看到，两个女人闲扯的是什么呢？是男人和性，是隐私的床第之事，这些只能作为无聊时的谈资，调节气氛，娱乐情绪而已，表面的亲近无关痛痒，更是远离真相。一方面，女人是感性的物类，她们有亲和力，擅长沟通，调理人际关系。另一方面，这两个女人又善于玩弄心计，用假象掩饰自己的真正动机，因此她们之间的友谊是脆弱的，不堪一击的。有些女人天生就是演戏的高手，那些皇宫剧里尔虞我诈的精彩回合，你死我活的惊心动魄，无不说明了这一点。在《两个女人》中，我们看到她们的谈话是逐步深入的；正因为无话不谈，所以，小霞把拒收礼金的事说了出来。她本以为是好姊妹之间的一次闲聊，可万万没有想到事情会变得那么严重，"拒收"变成了"收受"，直接影响到了丈夫的升迁，由此可见人心之险恶。作者虽不动声色，感情倾向却十分明显。

作为微型小说，在有限的篇幅里要做到简洁，就不能对人物进行详细描绘。但读罢这篇小说，我们对两个女人的形象却留下了很深印象，这得益于精彩的对话。我之所以说这篇小说的人物对话精彩，是因为它极具个性，两个女人口无遮拦，信口雌黄，体现了她们共同的品性。同时，从对话中，我们又可以看出二人的不同。小玉的粗鲁大大超过小霞，她的精明也远在小霞之上。相比之下，小霞的单纯更加凸显，不会设防的她，最终为此付出了沉重的代价。还有一种可能，小霞说拒收一事是为了表白丈夫的清正廉洁，没想到聪明反被聪明误，恰恰让小玉有机可乘并且大做文章。小霞的敏感性太差。这些都是通过对话传递给读者的。可以说，对话是这篇小说的一大亮点。

　　欧·亨利式的结尾曾被人们诟病，但它仍然具有魅力。这篇小说分为六小节，前面五节都是以对话为主，直到第六节才交代了结果，抖掉了包袱。前三节没有涉及正题，看似闲笔，其实是必要的铺垫，它把读者往另一个方向引领，层层剥茧，却不露声色，造成了意外的效果。同时，也营造了一种嘻嘻哈哈的氛围，让真正的秘密在说笑中随意道出。鲁迅对悲剧有一个论断，他认为，生活中不少悲剧是无事的悲剧，愈是那种无事的悲剧，悲剧的意味也愈浓重。

　　另外，这篇小说采用明暗两条线进行。明线是两个女人的交谈，暗线是两个男人的交锋。因为两个人都是从部队转业，分到了同一个单位，而且都是科级，都想升官。可以想象得出，没有出面的男人暗中参与了博弈，从而见出了分晓。正因如此，小说本该在任命文件下达时画上句号，可是作者并不罢休，他还要让两个女人各自承受灵魂的折磨。小霞因言惹祸，愧对家人，郁郁寡欢可以理解；但小玉的惴惴不安却是一种心灵的自责。利益的获取以牺牲友情为代价，落井下石的行径让她寝食难安，直到最终成疾。昔日的欢声笑语不复存在，一时的糊涂在双方心灵里划出了难以愈合的伤痕，这恐怕是小玉原先没有想到的吧。

名声

那年黄河来家，硬在小镇的前面撕了一道口，一条蜿蜒的小河绕过小镇向东流去。后来有位仙风道骨的老者经过这里说，有了这条河，小镇就灵动起来，这里要出名人了。

果然，应了老者的话，小镇先出了一位唱响江淮大地的淮海戏名角黄鹤鸣，后来，陆续有诗人、作家、画家在文艺界名重一时。

小镇有了历史文化积淀，又出了这些名人，就更有厚重感了。

想出名，就要拜师。

拜师是有规则的，男生一日拜师，终生认父。女的就大不一样了，除了生命以外，皆为师父所有。

新中国成立后，这些陈规陋习渐渐废除，但要学艺，师道尊严是不可免除的。

小镇在经历了一场史无前例的洗劫后，似乎伤了元气，好长时间缓不过神来。二十世纪八十年代文艺开始复苏，小镇又出了一位大作家江峰。

出了名的江峰，不忘养育他的小镇，创作、讲学等文学活动基本不离小镇，他想回报小镇，把这里的文艺青年创作带动起来。因此，有很多少男靓女前来拜访求教。他有一原则——度可塑之人，绝不误人子弟。

一日，来了一男一女两位青年，要拜江峰为师，江峰问了一个简单问题：你们为什么要写作？

男青年直截了当地说："我想出名。"

女青年说："我有满腔的话想表达，把我对人生的感悟分享给大家。"

江峰听了他们的话后，说："文学这条道是铺满荆棘的道路，要经得起无数次的摔打，方能抵达理想的彼岸；有时候甚至努力了一辈子也无法抵达，作为个体来说，就是苦行僧啊！"江峰问，"能耐得住寂寞吗？"

女青年点了点头。

江峰转过身对男青年说："你的功利心太强了，还是另请高师吧！"

男青年脸唰地红了，心里在骂，老色鬼，是不是看上美女了？后来，女青年就经常出入江峰家，在江峰的指导下，渐渐崭露头角。

女青年非常勤奋，创作呈井喷状态，再借助江峰的外力，不断在省内外文学期刊亮相。几年下来，在文学界有了名声。

小镇不大，东头放个屁，西头就能嗅到臭味。多年来平静的小镇就起了涟漪。

一日，女青年又去江峰处，在门外遇见了那个男青年，男青年说："还是江老师手把手教得好啊！"说罢，一脸的坏笑。

女青年并不搭理他，然而，她总能感觉到背后有人指指戳戳。此后，她就远离了江峰。当然，凭她现有的名声，再也用不着江峰了。

女青年疏远了江峰，江峰感觉意外。一天，他拨通了女青年的电话，说："好久没见了？"

"江老师，近来小镇颇有微词，为了名声，"女青年顿了顿说，"还是少去为好。"说这话时，女青年知道，三年来，江老师连她的手都未曾握过。

挂了电话，江峰自叹道，世风日下。言毕，有泪溢出。

自此江峰淡出文坛，闭门拒客。

名声的喟叹
——评小说《名声》

鹿禾先生

鹿禾先生，真名林庭光，曾用笔名维维有章。广东三水人，专栏作家。工商管理硕士（MBA），高级政工师，2016年全国小小说十大新锐作家。作品散见于全国多家报刊，入选各类年度选本，担任《玉融文学》等多家报刊小小说顾问、签约作家。

亚伯拉罕·林肯曾经说过："人格如同树木，而名誉如同树荫，树荫是我们的看法，树木才是真实的东西。"人们所拥有的不仅仅是生命，还有名声。生命源自父母，而名声却要自己去建立和维护，所以，无论在何时何地，采用合乎情理的手段去维护自己的名声是无可厚非的。可偏偏颜士富的微型小说《名声》，读后却让人揪心、痛心，这是为什么呢？

文学艺术高于生活，也源于生活；将生活中的小事融入自己的思考和情感，写出让人感慨万千的文章，这不能不说是一种境界。颜士富致力于文学创作数十年，不仅擅长捕捉生活中的"亮点和泪点"，更擅长"攻心"。他创作出的文学作品贴近生活，极富生活气息，或讲述生活的艰辛不易，或描摹生活中的"残枝断痕"，或弘扬美、鞭挞丑……这篇《名声》是发生在小镇的一个故事，透过故事本身凸显的却是人性和人心。这样看来，这个故事就不能单纯说是小镇的故事了。

江峰成名后为了回报小镇，不仅讲学授道，还开门收徒。他对所收徒弟是有要求的，不仅要天资聪颖，还要平静淡然、人品高洁，可让他没想到的是，这么做不仅给自己的名声埋下了隐患，也给世人留下了致命的话柄……

女青年拜江峰为师后进步很大，很快就在文学界崭露头角，有了名声，可这个名声却让她失去了自我、迷失了**本真**！于是，故事中的看点和痛点也被揭示了出来。女青年名气越来越大，在名利面前、在是非面前，她的心思、她的思维也悄然发生了转变。她不再纯洁似水，也不再恬静淡然，更不再恪守初心。从严格意义来说，连人际的底线和道德标准都脱离了原来的轨道。她不再登老师的门，甚至在老师打电话问询时说出："'江老师，近来小镇颇有微词，为了名声，'女青年顿了顿说，'还是少去为好。'说这话时，女青年知道，三年来，江老师连她的手都未曾握过。"

这是谁之错？女青年之错，江峰之错，还是世风之错？我们说不清楚，也道不明。人生短短几十年岁月，弹指而过，当生命化为尘土的那一刻，问心无愧才是对生命最好的诠释。女青年的做法，彻彻底底伤了江峰的心，难怪他会边流泪感慨，边淡出文坛，闭门拒客。江峰也许就是一个时代的作家代表，他的遭遇也许在文坛中时有发生。无论世事如何变迁，他都守着自己的素心，他是值得敬仰的，也是让人感动的！

《名声》这部作品之所以能成为令人过目不忘的佳作，笔者认为还有以下可圈可点的几点：一是开篇入题，层层递进。题目就是作品主旨，又在不断推动的情节展示中层层递进。二是人物形象饱满，富有特色。作品中人物不多，却各有特色，无论是江峰、女青年，还是男青年，都是血肉丰满、神形兼备的。三是笔锋犀利，痛刺人心。通过名声讲述人心，展示人性，让人思考良多。四是留白充分，引人感思。文章结尾，作者只写了江峰闭门拒客，把思考留给读者，可谓文绝意未绝！

就文本而言，颜士富在作品《名声》里有不俗的表现，很有现实针对性。在多如过江之鲫的文学作品中，能让读者留下感慨和思考的作品就是好作品！

假如我是独生子

老人自老伴过世后，就两个儿子家轮流过。

两个儿子都住农村，门挨着门。

每年过完春节，两个儿子就外出打工。家里种地和人情来往都落在了妯娌俩的身上。妯娌俩处得像亲姐妹，家里田里的活相互帮衬着做。老人虽然是一家一月过，每到月初，另一家就主动去把老人接回家，但，不管在谁家，另一家若弄什么可口的饭菜都会给老人送过去。尽管如此，老人有时还会闹些小情绪，唠叨没有吃好吃饱。

两个女儿看在眼里，安慰两个嫂子说："老小老小，两个哥哥都不在家，生活上有很多不便，难为两位嫂子了。"

妯娌俩相视一笑，说："自家的老人，尽孝也是应该的。"

两个女儿从心里感激两位嫂子，试图带老人回去伺候一段时日，让两位嫂子歇歇，然而，老人怎么也不去，说："7不留宿，8不留饭。我都快90的人了，如果在闺女家万一有个三长两短的，对不起人家啊。"说老人封建吧，又一套一套的，女儿拗不过老人，只好作罢。

天有不测风云，大儿媳在一次劳作中，不慎把腿摔成了骨折。赡养老人的重任就落在了小儿媳的肩上。为此，在外的两个儿子也回家处理赡养老人一事。一家人坐在一起商量，老大提出将老人送去敬老院，老人一听说把自己送去敬老院，连连摆手，说："那里的条件再好，我也不去。"老大看老人如此固执，也不好违背老人意愿，于是，对老二说："这样吧，老人呢就住你家吧，辛苦弟妹了。我每月给弟妹汇3000元作为弟妹伺候老人的劳务费。"

"大哥你这样做就生分了，"小儿媳说，"都是一家人，不说两家话，钱，你不要汇。"

就这样，小儿媳每天服侍老人。

起初，老人的简单生活还能自理，比如穿衣、吃饭、洗澡、如厕等。过了一段时日，老人突然得了一场病，花去了医药费不说，老人竟卧床不起，连简单的生活也不能自理了。这样就更苦了小儿媳。

小儿媳从无怨言。每天把饭弄好，首先盛出一碗，让它凉一凉，试一试不再烫嘴了，就一勺一勺地喂老人。喂好了老人再去收拾家务。晚上还要为老人擦洗身体，怕老人睡久了生褥疮，每天都为老人翻几次身。特别是老人大小便后，为老人洗屁股，这时，老人竟流泪了，说："我怎么不死呢，拖累儿女啊……"

冬天到了，中午阳光好的时候，小儿媳就把老人背出室外晒太阳。

常言说，久病床前无孝子。然而，在小儿媳的精心护理下，奇迹出现了，老人竟然康复了，居然可以下床走动了。

时光对于小儿媳来说，说长也长，说短也短。转眼就到了年底。大儿媳的腿也好了，他们兄弟俩也回来了。一家人欢欢喜喜准备过年。

老大说："今年正好是父亲90岁生日，把两个妹妹也叫上，为老人祝个寿吧。"

一家人团团圆圆，高高兴兴。小儿媳备了两桌酒菜，孩子们一个个敬老人的酒，说着祝福语……老人看着一家人开开心心，五世同堂，20多口人，不禁喜极而泣。

这时两个女婿端着酒杯走到老人面前，说："爸，您有今天这样好的身体，多亏小嫂子的精心照顾，您90大寿，祝您老寿比南山，长命百岁！"

两个女婿的话还没说完，老大不高兴了，说："话不能这样说，你大嫂腿摔伤不能侍候老人，我可没有少出钱啊！"

小儿媳听了老大的话，悄悄地离开了桌席，走进房间，拿出一个用旧报纸裹好的包，走到老大面前把纸包放在桌子上，说："大哥，这是你汇给我的钱，都在这里了，本来打算饭后给你和嫂子的……漂亮话我不会说，嫂子的腿跌断了，我的想法很简单，假如我是独生子，我就不赡养老人了？所以这个钱我不能要。"

老大一愣，脸唰地红了，好一会儿才说："弟妹，我说错了，这个钱你拿着，买东西给老人吃吧，你伺候老人是无法用钱来衡量的。"老大说到这，眼里有泪闪烁，声音有些哽咽，"弟妹，委屈你了。"

"妹妹，你若不拿这个钱，我的腿已经好了，余下的时光就由我来照顾老人。"大儿媳附和着说。

"都不要争了，你们都是好样的！"两个妹妹突然打破了僵局，竖着大拇指齐声说，"我们一起唱一首《祝你生日快乐》好不好？"

"好——"孩子们齐呼。

"祝你生日快乐！祝你生日快乐……"

质朴的味道
——评小说《假如我是独生子》

侯发山

侯发山，河南省小小说学会秘书长，郑州商学院客座教授，巩义市文联副主席、作协主席。著有小说集23部。有7部作品被搬上荧屏。部分作品被译介到海外。小小说金麻雀奖获得者。

常言说，文如其人。的确，颜士富为人真诚、厚道，他的作品也一样，透着一种质朴的味道。我也多写农村题材微型小说，跟颜士富又是朋友，所以非常喜欢他的作品。一口气看完《假如我是独生子》，我的眼里竟饱含泪水。为什么？是因为这篇作品充满了真情实感，因为这一家是和睦的大家庭。这一家人，不管是儿子、女儿，还是媳妇、妯娌，都是那样的通情达理，那样的孝顺。特别是小媳妇贤惠、善良的形象跃然纸上，让人久久难忘。古话讲，家有一老，胜似一宝，是不无道理的。假如家里没有了老人，还能算得上家吗？假如没有了老人，子女们之间的联系就少了很多，亲情也就淡化了许多。所以，从另外一个角度讲，孝敬老人也是经营好一个家庭的前提，这篇文章给我们提供了一个如何才能家庭和睦的范本。

人物塑造离不开细节，颜士富深谙此道。《假如我是独生子》细节好。"每天把饭弄好，首先盛出一碗，让它凉一凉，试一试不再烫嘴了，就一勺一勺地喂老人"，这样的细节把小媳妇写活了。这篇的另外一个特色，就是人物语言好，如"7

不留宿，8不留饭"，如"我怎么不死呢，拖累儿女啊……"等等，生动，形象，不造作。还有一点，这篇小说塑造的人物真实，或者说就是从现实中来的，让人信服。尽管儿子媳妇孝顺，"老人有时还会闹些小情绪，唠叨没有吃好吃饱"。实际生活中就有不少这样的老人，无论子女怎么做总不能令他们满意。再譬如，当两个女婿表扬小媳妇时，老大不高兴，"话不能这样说，你大嫂腿摔伤不能侍候老人，我可没有少出钱啊"。这样有瑕疵的人物更让读者喜欢，尽管他不是高大全式的，但他是我们身边的那一个。

孽债

拴牛从身上摸出最后两毛钱，说："全买小糖块。"拴牛拿了糖块走出小卖部就亮开了嗓子唱——

嗳——

什么鸟儿不孵卵哪

听那年年杜鹃啼唷

嗳嗨哟……

听到拴牛的歌声，九儿便从屋里跑出来，拴牛拿出糖块，说："喊爹。"

"爹。"九儿喊。

拴牛给了九儿一块糖，说："喊亲爹。"

"亲爹。"九儿又喊。

"哎——"拴牛把糖全给了九儿。

九儿得了糖便一溜烟儿地跑回家。九儿娘见了便问：
"九儿，是哪个给的？"

"拴牛叔给的，他让我叫他亲爹……"

"你叫了？"

"叫了。"

"啪！"九儿娘抡起来打了九儿一嘴巴，"贱种，到底谁是你爹？"

九儿"哇"的一声哭了。九儿娘又心疼地一把将九儿搂到怀里，说："乖儿子，下田耕地的才是你爹。记住，你只有一个爹，懂吗？啊！"

九儿"嗯"了一声，便不再哭了。九儿娘就去找拴牛。见了拴牛，九儿娘说："以后你可不能这样教孩子，让他爹见了，可受不了。"

"九儿是谁的，你最清楚……"

"拴牛，"九儿娘说着便给拴牛跪下了，泪流满面地说，"你就原谅我吧，我下辈子做牛做马去报答你……"

听了九儿娘的话，拴牛沉默了，他陷入了痛苦的回忆中——

拴牛和九儿娘从小青梅竹马，一块儿上的学，天天都是拴牛背着九儿娘蹚过砂礓河。初中毕业后，拴牛因家庭成分是富农没有继续求学的资格。于是，拴牛便早早地到生产队参加劳动。

鬼使神差，拴牛停学后，九儿娘也离开了学校，他们在一块儿干活，却很少有讲话的机会。尽管如此，当拴牛和九儿娘眼光相撞的一刹那，拴牛就读懂了她的心思……

一日傍晚，挂在树梢的太阳直往下滑，渐渐地大地披上了一层淡淡的轻纱。此时，队长吹响了收工的哨子，拴牛便收拾好家什从棉田往外走。走着走着，突然有人拽了他一下，是九儿娘……

他们的幽会终于被人发现了。从此，九儿娘就再也没有出过家门。拴牛因此也遭了殃，成了挨批斗的活靶子。

九儿娘被牢牢地看在家里，终日以泪洗面。眼看她的肚子渐渐地隆了起来，她的父母便草草地把她嫁了出去……

拴牛两眼模糊，嘴里不停地呼唤："九儿，九儿……"他把无数委屈憋在心里，为什么骨肉相见而不能相认，我到底错在哪里？拴牛再也忍不住了，"哇"的一声哭了……

一转眼，九儿到了上学的年龄。九儿娘说："叫九儿去上学吧？"

"九儿能打杂了，让他去队里放猪，也能给家里挣点儿工分。"他爹说。

"让孩子识些字，否则，连封信都不会念。"

"屁！"九儿爹把眼一瞪，"不识字能过，不识世也能过吗？"

九儿娘便不再理论。

拴牛是光棍汉，给队里放猪。九儿每天在前面领着猪走，拴牛跟在后面赶，这样队里给九儿一天记半日工，九儿爹很高兴。

九儿和拴牛把猪赶到一块空地上，让猪自由觅食。九儿便跟拴牛侃。九儿不再是两年前的九儿了，他不再管拴牛叫"爹"了。于是，拴牛就教他唱——

什么鸟儿不孵卵哪

听那年年杜鹃啼唷

谁言杜鹃不孵卵呀

都说光棍下蛋眼子孵喔

……

在歌声中，九儿悄悄地长大。土地大包干那年，他就跟着他爹学种田，过着面朝黄土背朝天的日子。

自此，拴牛和九儿在一起的机会少了。他时不时揣着烟锅愣神，有时见着九儿了，便盯着九儿出神地看……

晚秋，收种完毕。村里开始搞水利，工程按各户人口划到户。

划工时，九儿爹和拴牛发生了矛盾，两人竟交了手。九儿爹吃了拴牛的亏，就回家找九儿。九儿听完爹的诉说后，就去找拴牛算账。

见了九儿，拴牛说："九儿，我是你爹。"

"日娘，我是你爹！"九儿抡起一拳，将拴牛打倒在地，接着又是几脚，自此拴牛就再也没有站起来……

九儿犯了故意伤害罪，公安局抓了九儿。在上警车时，九儿娘哭着说："九儿，你爹害了你，他不是你爹，拴牛是你亲爹……"

听了娘的话，九儿如同五雷轰顶……九儿被塞进了警车。警车鸣叫着开走了，九儿仿佛听到拴牛在吼——

什么鸟儿不孵卵哪

听那年年杜鹃啼唷

……

时代的"孽债"
——评小说《孽债》

吴万夫

吴万夫，中国作家协会会员，作品荣获梁斌小说奖、第七届河南省五四文艺奖金奖、《飞天》小说奖、《人民文学》征文奖等各种文学奖五十余次。中短篇小说被《小说月报》《中华文学选刊》《作家文摘》等转载。数篇小说被译介至加拿大、土耳其等国家，并入选多家外国大学教材。已出版中短篇小说集、散文随笔集等十部。

　　茅盾文学奖得主、著名作家麦家说过："小说归根结底是不能抛开故事的。"自幼喜欢听故事的莫言也曾公开宣讲道："我是一个讲故事的人。因为讲故事我获得了诺贝尔文学奖。"近日读了著名微型小说作家颜士富的《孽债》，我觉得作者就是一个善于讲故事的人。

　　其实，《孽债》的情节并不复杂：从小青梅竹马的拴牛和九儿娘，在中学毕业后，只因拴牛是富农家庭成分，不仅"没有继续求学的资格"，甚至失去了与九儿娘恋爱的机会，"成了挨批斗的活靶子"。这时，九儿娘本已怀了拴牛的孩子，但迫于压力父母不得不草草地把她嫁了出去。有情人难成眷属本是一件痛苦的事情，而更让拴牛痛苦的是，眼看着九儿一天天长大，骨肉相见却不能相认。如果作家的叙事到此戛然而止，故事难免落入俗套，显然是一篇平庸之作。但颜士富先生是一个善于编织故事的人，在小说的结尾部分，他笔锋一转，自然而然地把"剧情"推向高潮：村里兴修水利时，九儿爹和拴牛因工程划分时引发矛盾而交手，吃了亏的九儿爹便回家找九儿替他算账。意气用事的九儿，在拴牛的一句"九儿，我是你爹"的真情告白下，竟然不问青红皂白，挥拳将他打倒在地，自此"再也没有站起来"。犯了故意伤害罪的九儿，在临上警车时，才从娘的口中得知自己的身世，但一切为时已晚……

小说的开头，作者用一个在农村中司空见惯的"恶作剧"，通过拴牛让九儿给他喊爹这个极具生活化的场景描写，看似闲来之笔，其实恰恰体现了作者的匠心独运，在轻松自然的对话中，把读者带入一段尘封的往事里。至于后来九儿爹是否清楚九儿是拴牛的亲骨肉、他让九儿去替自己"报仇"是否有意为之，作者并没有做任何交代，而是通过留白的形式让读者从中揣摩意会，这是微型小说典型的简约化写法，从而达到言简意赅、以一传十的效果。

卡夫卡说过一句话："心脏是一座有两间卧室的房子，一间住着痛苦，另一间住着欢乐，人不能笑得太响，否则笑声会吵醒隔壁房间的痛苦。"颜士富先生的微型小说《孽债》，从拴牛到小卖部买完糖以一首歌开始，到九儿出场让他"喊爹"，在这幅愉悦真实的画面背后，透露的是人物命运的悲剧性开始。颜士富先生在创作中似乎深谙"人不能笑得太响"这个道理，通过拴牛对九儿的"捉弄"，为人物的命运走向做了铺垫与渲染，埋下了很好的伏笔。这种笑中有泪的叙事手法，犹如喜剧大师卓别林的天才表演，是以喜剧为载体来表现悲剧的，无疑凸显了文本意识。这里需要特别指出的是，颜士富先生的微型小说《孽债》，自始至终以一首歌的重复出现来结构全文，这种叙事策略有些类似于电影、电视剧中的主题曲，既推动了情节的发展，衬托了人物的内心活动，又强化了故事的悲剧性意蕴。

归根结底，九儿的悲剧是与"成分"二字密不可分的。"成分"一词对于当今的年轻人来说，似乎已经很遥远、很陌生了，但在二十世纪六七十年代，不仅影响着一个人的上学、当兵、就业、提干等，甚至直接给一个家庭带来悲剧性的命运。德国著名作家马丁·瓦尔泽说："小说是在为当代撰写历史。"颜士富先生的《孽债》是一篇读后引人深思的作品，打下了鲜明的时代烙印，充满着浓郁的悲情色彩。在"唯成分论"对拴牛和九儿娘的命运产生重大影响的同时，也彻底改变了九儿的人生轨迹。九儿失手伤害亲生父亲所欠下的"孽债"，与其说是父母给他造成的，毋宁说是一个时代的悲剧，读来不禁令人唏嘘不已，感慨万端。

三任厂长

  某厂始建于"自力更生、艰苦奋斗"年月，一任厂长带领职工风餐露宿，摸爬滚打，建厂几个月就出产品。那时，厂里很艰苦，厂长没有办公室，整天和职工泡在一起，上班在车间，下班住大宿舍，和职工同吃大锅饭。

  二任厂长时，厂里条件就好了，厂里建了办公楼，有了吉普车，吃饭有了食堂。上班时，厂长并不坐在厂长室，到车间看一看，遇到厂里有些干部西装革履的，就说："看看你们像什么？要沉下去……"因此，厂里的大大小小官们都瞅眼色，不敢整天待在办公室，抽时间就到车间劳动。每星期，厂长也有三五回，手拿碗筷到食堂和职工一起就餐，顺便了解职工思想，解决职工实际困难。

  三任厂长时，厂的规模大了，厂长每天忙于开会、外交、应酬。偶尔陪上面领导到车间走一下，厂里的事务基本上委托副职们。年终，他们的奖金是工人的几倍。

某日，厂庆。省市县的领导都来了，厂长在会上表态说："大干七八月，奉献双休日，年创利税半个亿……"言毕，领导们热烈地鼓掌。

到会的领导一个接一个地讲完了话，最后安排老厂长讲几句。"厂兴我荣，厂衰我耻，厂是我们大家的命根子，希望大家珍惜它。"二任厂长话音刚落，场下掌声雷动。

一任厂长老了，他颤颤巍巍地说："今天，我只讲一句话，同志们，我很想念你们。"顿时，场内欢呼起来，职工站起来鼓掌喊："老厂长，我们也想念您——"

人性的坚守与退却
——评小说《三任厂长》

池 墨

池墨，忽然花开文学网总编，《江苏杂文》执行
主编，《微知文化报》副主编，江苏省作家协会
会员，宿迁市散文学会理事。在《人民日报》
《经济日报》《工人日报》《新京报》《扬子晚
报》等报刊发表散文、诗歌、杂文、时评5000余
篇（首）。获首届国际东方散文奖。著有《相见
不如怀念》《故乡深处的草垛》等。

　　读完颜士富的微型小说《三任厂长》，心里五味杂陈。

　　一个企业历经几任厂长的管理，经过"从无到有，从小到大，从大到强"的发展。应该说，企业取得的效益是有目共睹的，职工也从企业的发展中得到了好处。当然，更大的好处，还是被企业那些手握大权的领导者们所攫取。与他们相比，职工从企业发展中分享到的好处，简直是九牛一毛，几乎到了可以忽略不计的地步。原因何在？就是当权者自私贪婪，以权谋私，他们想着的只是为自己谋取利益，捞取好处。至于职工，分一点就算对得起他们了！

　　颜士富的微型小说《三任厂长》，以近乎白描的手法，描述了三任厂长对企业管理的不同方法和对待职工的不同态度，将三任厂长的形象刻画得入木三分。第一任厂长"整天和职工泡在一起，上班在车间，下班住大宿舍，和职工同吃大锅饭"；第二任厂长"也有三五回，手拿碗筷到食堂和职工一起就餐，顺便了解职工思想，解决职工实际困难"；第三任厂长

"每天忙于开会、外交、应酬。偶尔陪上面领导到车间走一下，厂里的事务基本上委托副职们"。第一任厂长与职工是"同甘共苦，齐心合力"，第二任厂长对职工是"时有挂念，常下基层"，第三任厂长对职工是"不闻不问，离心离德"。三任厂长对企业的不同管理，对职工的不同态度，职工自然是看在眼里，记在心上。他们的心里都有一杆秤，三任厂长谁轻谁重，职工们自然是心里有数。

社会在进步，企业在发展，但是，企业管理者的人性却在一点一点地退却。

颜士富的微型小说《三任厂长》，以三任厂长对企业管理的不同方式，对职工的不同态度，揭露了企业管理者人性的蜕变，应该说，刻画得很成功。

微型小说《三任厂长》看起来很平淡，也并无悬念，但是，在简短的文字中，却蕴含了深刻的人生哲理。作家的高明之处，正是将深刻的人生哲理，嵌入到平凡的文字中去，让读者"于无声处听惊雷"。我们通过对文字的研读，可以揣摩出作家的明显用意。

微型小说写作，要想吸引读者，必须像相声那样，先抖出一个"包袱"，再慢慢解"包袱"，及至"包袱"打开，或滑稽搞笑，或出人意料，常常逗引得观众开怀大笑。这样的相声，是成功的，是吸引人的。但是微型小说《三任厂长》却并没有给读者"抖包袱"，而是通过平铺直叙的方式，记述了三任厂长对企业的不同管理，对职工的不同态度，但是，这种平铺直叙中，却埋伏着"机关"。

微型小说《三任厂长》的高潮，自然在小说的结尾部分：第一任厂长想念职工，职工们也想念厂长，全场欢声雷动。但是，小说更大的看点，也是这篇小说的亮点，却发生在第三任厂长身上，这个亮点就是：某日，厂庆，厂长在会上表态说："大干七八月，奉献双休日，年创税利半个亿……"言毕，领导们热烈地鼓掌。

大干两个月，创造出半个亿的税收，这种效益自然引人瞩目。

此处的确应该有掌声，但让人意外的是，鼓掌的只是那些前来参加厂庆的县市领导，职工们却无一鼓掌。这就是这篇微型小说的看点与亮点，也是这篇微型小说的成功之处。"领导们热烈地鼓掌"是这篇微型小说的画龙点睛之笔。假如此处的掌声不是来自领导，而是来自职工，或者是两者兼而有之，那么，即使掌声再热烈，这篇微型小说也是失败的。而职工无人鼓掌，固然是对厂长要求"奉献双休日"，没日没夜地干活的不满，也是对厂长平时对职工"不闻不问"的不满，更是对企业领导"年终，他们的奖金是工人的几倍"的强烈不满。第三任厂长置企业职工死活于不顾的做法，自然遭到职工的反对和唾弃。

微型小说《三任厂长》，描写了人性的退却，但也有坚守。第二、三任厂长的人性在逐渐退却，但职工的人性在坚守，第一任厂长的人性在坚守！如果我们读懂了小说的意思，明白了作家的用意，那么，作家的内心，无疑是释然的。

生灵

友贤老汉给老黄犍添了料后，就从腰间抽出那根旱烟袋，背靠着牛门蹲下吧嗒吧嗒地吸着，仔细地端详着老黄犍吃料，那种神态仿佛是自己在津津有味地品着美味佳肴。

老黄犍是友贤老汉从父辈手中继承的唯一遗产，耕田犁耙、拉车拉磨，多少年来，老黄犍立下了汗马功劳。作为典型的庄户人家，友贤老汉更视老黄犍为命根子。然而，在这兵荒马乱的日子，友贤老汉不禁时时为老黄犍担忧，鬼子隔三岔五就下来扫荡，逮着这些牲口，就用刺刀削下牛股，用火烤了吃。类似这样的事，友贤老汉真是司空见惯了。

"干脆卖了吧！"老婆子不时地唠叨着。

友贤老汉站了起来，用手摸着老黄犍，老黄犍用舌头舔着他的手，泪唰唰地流……

"卖、卖、卖，你他妈再提卖，我就跟你没完。"友贤老汉吼了起来。

从此，老婆子再也不敢提卖牛的事了。

一日清晨，西北风呼啸着，天空一片阴霾。突然，三声炮响，鬼子又出动扫荡了。乡亲们背的背、抱的抱，顺着炮声的反方向潮水一样奔涌……

友贤老汉把家里一些能带的用品都装上大车，套上老黄犍，全家老少坐上车后，便赶着老黄犍跟着人群一起跑反。

老黄犍可能是老了，再加上沉重的大车，脚步特别缓慢，一会儿就被跑反的人群甩得远远的。友贤老汉心里急得冒火，一边赶着老黄犍，一边推着大车，可是，车还是那么慢。一会儿，车行至十字路口，只听"吱"一声，车停住了，老黄犍睡倒在地，一只耳朵紧紧地贴着地面。见此，友贤老汉更是急了，说："老伙计啊，老伙计，你在我家世代耕耘，任劳任怨，真是从无怨言，在这节骨眼上，我全家老少的性命全仰仗你了。"友贤老汉说着便使劲地向前拽老黄犍，不管怎样老黄犍就是不走。

突然，老黄犍"哞——"一声长啸挣脱了缰绳，掉转车头向炮响的方向奔跑，跑的速度异乎寻常。友贤老汉想，这下完了，拼命地跟着大车后面撵，大车扬起一串尘土……

大约跑了几华里后，老黄犍陡然下了道，拖着大车奔向一片红草地。土地坑洼不平，大车在上面颠簸不息，孩子惊得嗷嗷直叫……

这是一片荒地，上面杂草丛生，是个人迹罕至的地方。老黄犍奔跑得更加吃力了，友贤老汉就要追上了。但是，友贤老汉惊呆了，老黄犍向一个洼坑冲去。老黄犍栽倒了，大车滑进了坑，正好被杂草掩盖着。老黄犍浑身是汗，七窍出血，再也没有爬起来。

这次，日本鬼子大规模出动扫荡，乡亲们都惨遭杀害，唯独友贤老汉一家幸存。

后来，老黄犍栽倒的地方堆起了一个高堆，上面至今仍竖着一块碑：老牛坟。

生灵的艺术手法
——评小说《生灵》

顾建新

　　小说写了一个神奇的故事。一方面，用侧写的手法，通过一家人的苦难，揭露了日本鬼子在中国的凶残。另一方面，也是主要的，通过写牛，写出一种人性。它（实际是一种人格）知恩图报。作者把这种高尚的品德，用推向极致的方式表现出来：它用尽生命最后的力量，救了主人一家人。总之，小说之所以写得回肠荡气，感人肺腑，是在艺术构思上的独到之处：以危机的情景为背景，以超常的行为作为写作的重点，所以，取得了震撼人心的效果。

辛酸泪

　　黄昏，落日的余晖笼罩着田野。根子犁完最后一犁地，便牵着牛往回赶。

　　根子到家把牛拴好，虎子就从屋里嚷着跑出来，缠着根子："根子叔，教我唱歌。"

　　"乖孩子，"虎子娘拉过虎子说，"根子叔累了一天，让根子叔歇一歇，啊！"

　　根子笑了笑，从虎子娘手里接过孩子，放到自己的腿上，轻轻地拍着虎子的屁股，说：

　　乖孩子，叔叔教你唱——

　　小板凳，锅后蹲，奶奶烧锅怀抱孙。

　　大嫂弄饭手拿针，小妹拧线卖花针。

　　老爹喂牛起五更，大哥拾粪把田耕。

......

虎子跟着唱，唱着唱着就睡了。虎子娘将虎子放好，温了一壶酒，说："又累了一天，喝点歇得快。"

根子一杯接一杯地饮着。虎子娘收拾停当后，又给根子添了一道菜。

根子说："虎子娘你就一块吃吧。"

"别客气，他叔。"虎子娘笑了笑转身又去收拾家务。

"虎子娘，你别走！"根子说话间，泪簌簌地往下落。

虎子娘转过身，望着根子沉默了好一会儿，说："他叔，你又喝多了。"

"我没醉，"根子眼睛火辣辣地望着虎子娘，突然向她跪下了，说，"我想你！"

此时，虎子娘感到手足无措。突然她转过身将门掩上，然后倚在门上久久地没有言语。她的心突突地跳，脸烧得绯红绯红，约半晌，她终于点了点头，向根子走去……

虎子还不会喊爸爸的时候，虎子娘就失去了丈夫，她带着孩子艰难度日。根子是村子里一人吃饱全家不饿的人。从此，虎子家的活他就包了。

大雁走了又来，来了又走……虎子渐渐地长成了大人。一日，虎子说："娘，从今往后，不要叫根子叔到我们家来了，地里的活我干得来……"

虎子娘应了声，拎着草篮走出了家门，向田里走去。根子在田里锄草，虎子娘对根子说："他叔，虎子长大了，该懂的他都懂了，日后，你就不要再到我们家来了，就当以前什么也没有发生过……"说这话时，虎子娘背过脸去偷偷地抹泪。

此后，虎子娘远远地躲着根子，即使偶尔地见了面，也不再招呼，各自走各自的路。转眼又到了一个夏天。一天，天气很热，根子躺在床上不停地摇动手里的扇子，知了声嘶力竭地叫着，月婆将光线透过摇曳的树枝撒在窗前。此时，根子禁不住想起了虎子娘，身上不由一阵躁动。他跳下床，悄悄地来到了虎子娘的窗下，轻轻地敲了敲窗户，喊："虎子娘，虎子娘！"

虎子娘听到根子的喊声后，轻轻地下了床，走到窗前，小声说："他叔，你回吧。"

"虎子娘，我好想你，再也经不起这样的折磨了，我求你了。"

虎子娘犹豫了一会儿，便放开门把根子让进了屋。根子迫不及待地吻着虎子娘，手不停地摸着。虎子娘也醉了，宛如久旱的禾苗逢甘霖。

"娘——我回来了。"随着一声喊，虎子推开了门。顿时，眼前的一切，使虎子目瞪口呆。忽然，虎子挡住了根子的去路，瞅准他就是一拳……

"虎子，放你根子叔走吧，"虎子娘说着便跪下了，"娘求你了。"

"呸！丢人，我今天非要亲手把他揍死不可。"虎子说着瞅准根子又是一顿拳脚，根子嘴角在流血，但丝毫没有呻吟，任虎子不停地打。

虎子娘看要出人命了，拉开门便喊救命。邻居听到喊声纷纷地跑来了，一会儿挤满了一屋。族长友贤大爹问："虎子，究竟是咋回事，把人砸成这样？"

虎子理直气壮地说："他偷了我家的牛。"

友贤大爹转脸问虎子娘："他大嫂，究竟是不是这回事？"

"他确实偷了我家的牛。"虎子娘哽咽着说。

"根子，你偷了人家的牛了？"友贤大爹问。

"偷了。"根子答。

后来，根子就被乡亲们抬回了家，自此便卧床不起。他在弥留之际断断续续地说："偷牛，偷了一辈子牛，这辈子总算没有白活。"

说话时流下了两行泪水，接着就咽了气。

人性的挖掘
——评小说《辛酸泪》

王海椿

王海椿，中国作协、《文艺报》、《百花园》、《小小说选刊》联合评选的"当代小说风云人物"之一。《微型小说选刊》"当代微型小说百家"之一。曾任《山花》《读写月报》《小小说读者》执行主编；《百花园》编辑、副主编；《家庭》杂志编辑、记者；《小小说选刊》编辑等。著有小说集《唐小虎的理想》等六部。作品多次被《小说选刊》《小说月报》《中国作家》《读者》等选刊转载。曾获《人民日报》《小说月报》小说征文奖、《小小说选刊》全国小小说优秀作品奖等。

　　这篇小说是写"偷情"的，题材并不新鲜。不新鲜的题材要想写出新意就难了，弄不好就会流于一般。一般作者可能会处理成完美的结局，体现出爱情的美好、人性的美好。

　　本文作者是用心的，没有这么做。母亲"偷情"被儿子发现，这是尴尬的，处理这种尴尬也有难度。虎子娘没有说出事情的真相，在封建思想影响仍然很深的农村，女人的名节还是被看得很重的。

　　她这样做，更多是出于对儿子名声的保护，所以也只能牺牲根子了。

　　这是残忍的，但也是符合人性的。在短小的篇幅里往人性深处挖掘，使作品显得厚重起来。

人间有味是辛酸
——评小说《辛酸泪》

杜荣侠

杜荣侠，江苏省作协会员，中国散文学会会员，江苏省企业作家协会会员，泗阳县作家协会理事。作品散见于《海外文摘》《参花》《小小说大世界》《楚苑》《林中凤凰》等期刊。散文《"半闲"雪香》获第三届"江苏大众文学奖"，微型小说《和他无关》获湖南"潇湘杯"全国法制短小说征文优秀奖，微型小说《灵魂的回归》获首届《林中凤凰》"大禾庄园"杯全国短小说征文优秀奖，获第二届《林中凤凰》文学奖散文奖，小说《婚姻是个弯弯绕》获宿迁市第六届"分金亭文学奖"三等奖。

读完颜士富的微型小说《辛酸泪》，掩卷沉思，心里泛起酸涩，难以平静。

颜士富关注农村题材，善写乡土乡情里的世俗百态，彰显生活的真实性和小说的复杂性、艺术性。一篇《辛酸泪》，乡土气息浓郁，言简义丰，节奏感鲜明，画面感强烈。他像一位丹青高手，用一支妙笔给读者徐徐展开了两幅乡村生活画卷：

一幅似小桥流水明快欢悦，令人喜：夕阳西下，暮色四合，在田里劳累一天的根子回家，虎子欢跳着扑上来，要根子叔教他唱儿歌，虎子娘含着笑，忙着炒菜温酒。多像其乐融融、温馨喜悦的一家三口，过着充满烟火味的小日子。

一幅像暴风骤雨，使人悲：一晃，虎子大了，对娘说："从今往后，不要叫根子叔到我们家来，地里的活我干得来……"虎子的话像是一把锤，敲响了对娘的警告。虎子娘唯唯诺诺地答应了，开始躲着根子。而虎子打在根子身上的拳头像暴风骤雨，猛烈凶狠，这个俗套的过河拆桥翻脸不认人的桥段上演了，令人心寒悲痛。

前后情感的变化，矛盾的冲突，形成了鲜明的对比。虎子为什么这样冷酷无情呢？一个寡妇，一个光棍汉，这么多年一直不清不楚，名不正言不顺，他们没有那一纸婚书。寡妇门前是非多，风言风语刮进了虎子的耳中。虎子毒打根子时说："呸！丢人，我今天非要亲手把他揍死不可。"冷冰冰的两个字"丢人"体现了虎子看重的是自己的面子。根子这么多年，像一头牛为虎子娘俩默默付出。但是在世俗面前，这些情感败给了闲言碎语。虎子嫌娘和根子的事丢他的人。人言可畏，唾沫星子是一把杀人的软刀子，根子多年恩情被虎子一笔勾销，变成切齿仇恨，最终酿成一场悲剧，怎不令人唏嘘！

这篇小说构思巧妙，结尾可谓是神来之笔，令文章熠熠生辉。牛，是不可忽略的意象，首尾相呼应，可谓匠心独运。开篇是："黄昏，落日的余晖笼罩着田野。根子犁完最后一犁地，便牵着牛往回赶。"简笔勾勒了一幅静谧的农人晚归图。"根子到家把牛拴好，虎子就从屋里嚷着跑出来，缠着根子：'根子叔，教我唱歌。'"天真无邪的虎子对根子多么依恋，根子教虎子唱儿歌："……老爹喂牛起五更……"根子怀抱虎子，视如己出。结尾族长问虎子为什么把根子打得这样重，成人的根子理直气壮地说："他偷了我家的牛。"牛，意味深长。它是根子十几年为虎子家辛苦耕种的得力助手，而根子何尝不是一头老黄牛为他们负重苦干。最终虎子以偷牛的罪名掩人耳目，对其痛下狠手。而根子和虎子娘偷偷摸摸一辈子的私情，被根子临死前，欲盖弥彰地概括了："偷牛，偷了一辈子牛，这辈子总算没有白活。"哎，根子以阿Q的精神胜利法聊以自慰，可根子比阿Q的人生圆满些了吗？

谢有顺说："小说一方面来源于虚构，另一方面也离不开作家对生活的观察、研究。通过研究人类的生命世界，进而写出这一生命世界的丰富性和复杂性。"《辛酸泪》正体现了这一点。根子的故事有生活的影子，我们经常能从家长里短里听到类似的事。而颜士富以自己敏锐的观察力和笔触，写出了这一生命的复杂性和丰富性，具有艺术的审美质感。字里行间，更让我读出了作家的悲悯情怀，根子、虎子娘这些小人物人生际遇的酸楚，情感世界的无奈。

他们的一生泪里含笑，笑里有泪。只有作家心怀悲悯，落笔才会有小说里的人物活泼泼的生命展开，以生动的细节、传神的语言，使作品显示一种深厚的力量。

《辛酸泪》，作者以悲悯心书写的一道人间至味，人间有味是辛酸，厚重而丰满。

月夜，永远错过

柱子心里惦记着一个女人，她叫玲子。

玲子和柱子是初中时的同学。那时，玲子很漂亮，白而细腻的脸蛋透着红润，一双迷人的眼睛总有掩盖不住的笑意，说话的音调甜甜的，十分醉人。身体也长得很丰满，走起路来两只乳峰上下窜动，仿佛藏着一对小麻雀要飞出来……这时的柱子身上也产生一种青春的躁动，他心里暗暗地爱着玲子……

柱子在班里成绩一直是尖子。玲子非常羡慕柱子，心中默默地为柱子祈祷，希望柱子成绩"芝麻开花——节节高"，将来能考上名牌大学。

后来，柱子上了重点中学，玲子却辍学了。

柱子大学毕业，分配在家乡的县城，就再也没有见到玲子。十余年了，柱子心里一直想，有那么一天邂逅，双方都会一阵惊喜。于是，他盼望能遇上玲子。

一天，天气阴晦，下着蒙蒙细雨，街上晃动着五颜六色的伞。在匆匆的人流中，柱子陡然发现不远处的一个女人，凭他的感觉没有错，就是她，是玲子！

柱子心里一阵惊喜，跑了过去，喊："玲子！"

那把伞停止了晃动，伞下的女人转过身，但并没有显示出惊喜状。她站在雨幕中，呆呆地望着柱子。柱子说："十几年了，生活得还好吧？"

她没有回答柱子的话，两行泪珠顺着面颊无声地往下流，眼神是那么的呆滞，一脸疲倦的样子，但，仍不失过去的风韵。玲子默默地站着，忽然她摇了摇头，说："我不认识你。"

"不！"柱子说，"玲子，你是玲子，我苦苦寻你十几年了。"十几年前的那一幕不禁浮现在柱子的眼前……

那年，柱子正准备高考。一天，突然接到了一封信。信是玲子写来的，信中约他星期六晚在颜倪河畔的一棵银杏树下见面。记得，那晚月亮很圆，当柱子来到时，玲子早早地便等在那里了。

玲子说："今晚的月亮又圆又亮。"

柱子便也说："是啊，月亮特别圆又亮。"

接着便都没有说话了。沉默了好一会儿，玲子打破了沉寂说："你猜猜我让你来为啥事？"

"是哩，我正想问你哩。"柱子憨憨地说。

"五婶和妈讲过，要替我找婆家。那个男的是个顶职工，大说，人家是吃皇粮的，将来生活肯定有保障，"玲子低着头，手不停地摆弄胸前的扣子，"谁稀罕他那工作，你说呢？"

柱子睁着一双大眼扑闪了半天，才说："你大和你妈是为你好哩。"

柱子话音刚落，玲子便用手捶着柱子的肩膀说："你真憨。"说着便委屈地哭了……

柱子又回到现实中，他和玲子默默地走着，柱子说："我们就在这坐一会儿吧！"

玲子点了点头，便和柱子进了"桃园"，在一个亭子里坐了下来。

雨仍在淅淅沥沥地下。

"其实，我早就知道你在县城里，"玲子说，"只是，我怕搅乱你的生活。"

柱子长叹了一口气，说："我当时真蠢。不过当时能考上大学，纯粹是为了心中的一个人才拼命地学，直到现在仍那么想，我一直在默默地为她祝福，愿她生活得幸福。"

"然而，生活并不如人意。婚后不到三年，他便因流氓罪被判了无期，留下一个不幸的女人和一个苦命的孩子……"玲子再也讲不下去了。

天空，又一阵发暗。忽然一道闪，接着响彻云霄的一声惊雷，瓢泼似的大雨倾盆而下……

柱子又长长地叹了口气。命运真会捉弄人，折磨人。在县城里，一个农村女人拉扯着一个孩子活得真不容易啊！

"玲子，这几年是怎么过来的？"

玲子咬紧牙，背过脸去，任泪水唰唰地流。

"玲子，告诉我！"

"你就把我忘掉吧！"玲子终于说，"求你了。"

"不，玲子，我爱你，你不理解我。常言说：有女出嫁东南沙，三月啃南瓜，七月吃山芋，剩下两月回娘家。当初，咳——"柱子长长地叹了口气，"我们那地方实在太穷，我想考上大学后再向你求婚，可是……"

"可是，这一切都晚了。"

"不，现在并不晚；我们还年轻，前面要走的路还很长。请你告诉我你的住址，抽空我去看你。"

"不，那地方，不配你去。"

……

后来，在一个星期日的上午，柱子终于找到了玲子的家。他正伸手去按门铃，突然从屋里传出一个男人的声音："你最近非常地反常，是不是想甩掉我……"柱子听到这，头脑一阵晕，伸出的手在空中停住了。他冷静了一会儿，终于没有按响门铃。他的心矛盾着……他平生没有掉过泪，这次他却流泪了，是为玲子而哭，也是为自己……

门铃没有按响
——评小说《月夜，永远错过》

曲延安

　　微型小说《月夜，永远错过》，也许很多人以为写的是爱情。我觉得，是，又不是。其实小说是写了爱情以外的东西，或者说是故事与生活的关系，至少不完全是写爱情。

　　小说的故事情节极简：初中时曾互怀情愫的一对男女（柱子与玲子），分手十年后相逢。男学成荣归，女惨淡经营。男有心重燃爱焰，女推辞再三。真正打动我的却是接下来的结局：男终于找到女家，结果却没有按响门铃。

　　此作原刊于 2001 年《淮海晚报》。现在回过头来看，作者当时的笔触不能说十分老到。譬如开篇的外貌描写，"玲子很漂亮，白而细腻的脸蛋透着红润，一双迷人的眼睛总有掩盖不住的笑意，说话的音调甜甜的，十分醉人。身体也长得很丰满，走起路来两只乳峰上下窜动，仿佛藏着一对小麻雀要飞出来。"今天看来，作者仅仅描写了她的外貌，再无其他。而全篇以"雨"作为背景与情绪的映衬（文末柱子之泪亦可视为"雨"），也略显斧凿之痕。

　　然而，这是一篇好的微型小说。

　　好在哪里？好在它的出人意料，又扑朔迷离。

　　好的小说，大致说来有几个标志：曲折、有趣、新颖、离奇、深刻，还有一点是要介于似与不似之间，即一篇好小说还要具备一个东西——玄机。我甚至想武断地说，此作1600字的篇幅，其中90%是为末段150字作了"地基"，但这"房子"却未必落在这地基上。它上哪了？

这不但是一个"放射型"的结尾，而且是一个影影绰绰的结尾。而这，我以为恰恰是这篇微型小说的高明之处。

我们可以设想几个结局：

也许玲子说了假话，她的丈夫没有被判无期徒刑。

也许玲子说的是真话，她的丈夫被判无期徒刑。但她又与人同居了。

也许玲子说的既不是假话也不是真话，她自我制造了一个"虚拟"的我。

也许柱子根本就没有必要一往情深。以至"他平生没有掉过泪，这次他却流泪了，是为玲子而哭，也是为自己……"

也许，还有没有其他的可能性？其他的可能性有多大？

喜欢一个人，却爱不了，又很爱。这就是矛盾。有矛盾，就有周折，故事就很好看。《月夜，永远错过》的故事线索从头一直贯穿到接近尾声处，小说逻辑与推理都顺理成章，写作思路非常吻合中国的小说传统。但最后的"包袱"却没把空间打开，在"爱"与"失爱"之中迷航。我们不得不承认：爱的对象并非如同我们想象的那样完美，他（她）并不能顺顺当当地满足我们的期待，热情和向往往往是埋在了生活的无奈与无解里。

在中国，我们所接受的爱情模板大多是：有情人终成眷属的大团圆或是梁山伯与祝英台的死去活来，结果或终点很明显，非此即彼。因而在谋篇布局上，有时候作者会想用直接的方式让读者对角色产生反应，即相当于作者代替了读者进行解读与判断。但当读者只能够乖乖顺着故事的惯性及情感流向前进，直至高潮、结束，未必就好。智慧的作者，他把我们惯常于对故事的线性需求给颠覆了，他把它造成了一个迷宫，但又不是故意的晦涩，或把惊奇视作炫弄。看上去故事不太完整、结尾不三不四，而正是这种不完整、不"规范"，产生一种不稳定，一种张力，一种氛围。淡淡的哀怨，神秘的色彩，不尽的感慨，耐人寻味，所谓"匠心独运"就是指这个。

其实，所有的选择都没有对错，不能用非黑即白的一元论一以概之。在社会构架里每一个人都没有太大的区别，因为我们都在承受着变化，这变化带给我们物质，同时也带给我们压力。那些改变了的时空与走向，那些我们一时寝食难安或幸运美妙的生活，那些出乎意料的不确定性，可能是我们每一个人都会遇到的。而且这种情节的反转变化是合情合理的，是可以寻觅到因果逻辑的。而当此时，我们或许也就相应地穿越了生命中重要的时刻。

面对情感，小说不宜"抒发"，只宜"传递"。此文中门铃没有按响，那么作者传递给了我们什么？以后会怎么样呢？也许没有人知道。但关键是，这个"悬念"有效地启发了我们有关生活经验的具体想象，并且凭借这个想象包蕴了故事的原味。为什么会这样呢？是因为作品没有明确给出答案，但其答案实际上却很明晰，而且直指人性深处。

应聘

　　富彦公司对外公开招聘一名市场部经理，吴昊力挫群雄，顺利过关。

　　总裁召见他，和他进行一次简短的谈话。总裁说："现在你没有竞争对手了，但是公司要对你进行试用，时间为一天，主持市场部的全面工作。"

　　次日，吴昊走进市场部经理办公室。吴昊心想，只要平稳度过这一天，这把椅子就坐定了。

　　布置完工作，吴昊坐在办公室抽烟、喝茶。至下午 3 时许，没有下属请示汇报工作，也没有业务电话，吴昊感觉这是一段最难熬的时光。然而他又反过来想，这样并非坏事，越是没有事越是零风险，只要时针再向前迈出两大格，今天就该画上一个圆满的句号了。

想着想着，吴昊的嘴角不禁掠过一丝不易察觉的微笑。

"丁零零……"电话骤然响起。令吴昊没有想到的是，下班前还有一笔重要的业务要谈——是国际公司欲出口该公司产品。吴昊认为，无论如何要把握好这笔业务，以显示自己的能力，更重要的是让董事长赏识自己的谈判水平……

"咚咚！"

"请进！"

"您好，经理先生。"随着一声问候，一位留着板寸发型的青年拎着公文包走进了经理室。

吴昊一下子被对方的气质征服了。凭他的经验，这肯定是国际公司的来客。他从椅子上弹了起来，迈出一步，握住来客的双手："欢迎，欢迎。"

双方坐定，没等吴昊发话，对方即欠起身呈上一张名片。吴昊双手接过名片，眼光只一掠，紧张的气氛就缓和了许多，吴昊欲拿茶杯的手自然地垂了下去——来者是某广告公司的业务员。

"我还有重要的客人接待，"吴昊说，"有什么事请直说吧！"

"我公司欲代理贵公司的产品广告宣传。"板寸说着给吴昊敬一支烟。

吴昊接过香烟，夹在左手的食指和中指间，右手握着打火机，却没有点烟的意思。见此，板寸迅速掏出打火机，"啪"的一声，一束蓝色的火苗蹿了出来，吴昊叼着烟凑了过去……

"这样吧，"吴昊说，"你和隔壁葛副经理先谈。"

吴昊支走了板寸，又在耐心地等待国际公司的来客。

4时30分，仍然不见来客。吴昊正在翘首以盼时，电话又响起来——国际公司的业务改日再谈。

吴昊刚放下电话，隔壁的葛副经理带着板寸走了进来。葛副经理开门见山地说："我们谈得很愉快，贵公司很有实力，代理数家强势媒体，具体事项请吴经理裁定。"

吴昊听了葛副经理的简要介绍后，伸手示意板寸坐下，然后从口袋里掏出一盒烟，轻轻地弹出一支，慢慢地叼在嘴上，说："广告肯定要做，但给哪家公司做等等再议——也许通过招标的形式。"

听了吴昊的话，板寸很有礼节地退了出去。

下班了，吴昊走到公司门口，保安拦住了他说："这里有您一封信，是董事长办公室转来的。"

信封内装着一盘碟片。到家后吴昊迫不及待地打开电脑，显示器上立刻显示出吴昊今天的工作记录，并有配音——

吴昊先生，您好！感谢您对我公司的信任。同时，也佩服您过关斩将的才气。然而，在最后的试用也就是一日的事务处理中，我们不得不为您叹息。中国是礼仪之邦，作为市场开拓者更应具备这个素质。别人求我们，我们求别人，人格是平等的，应该有礼有节。

在求人的时候不应失节，被人求的时候不该傲慢。每个人都有一个市场，每个人都是一个市场。得罪一个人就意味着失去一个市场。

常言说得好，生意不成仁义在，在这一点上您表现得不够令人满意。

您和本公司的关系到此为止。

放大聚焦，火柴点燃

——评小说《应聘》

叶敬之

　　小时候有一段时间，心心念念想买放大镜。其实用不着放大镜，只为了用放大镜点燃火柴。

　　冬天，太阳高照，几个小伙伴蹲在太阳底下，举着放大镜，下面放一根火柴。用放大镜对准焦距，让焦点照在火柴上，不一会儿，火柴就"哧啦"一声，着了。那一刻无比激动，几个人同声惊叫起来，真叫一个爽！

　　微型小说里的"特写镜头法"，其实与用放大镜点燃火柴很相似。小说结构的选材，无非是纵剖和横断两种。纵剖法，是从较长的时间里，选取几个典型事件，连接起来，塑造人物。横断法，则是从较短时间里，截取某一件事的几个环节，展现人物性格的某个侧面。其实，就微型小说而言，还有一种方法更为经济，也更为精彩，这就是特写镜头法。虽然也是写一件事情，但是并不讲述整件事情，将几个环节平均用力，而是把镜头对准这件事情的一个焦点，把人物的某个特征表现得更突出、更鲜明。

　　比如这一篇《应聘》，说的是一个叫吴昊的人，应聘一家公司的市场部经理。这件事情的前面几个环节，如报名、笔试、面试等，作者只用一句话带过："吴昊力挫群雄，顺利过关。"随后，总裁决定让吴昊试用一天。虽然试用只是应聘里的一个环节，但要梳理起来，事情也还不少。但是作者一概不予置评，而是将镜头的焦点对准了一个地方：接待某国际公司的代表。

吴昊很重视这个工作，因为已经快要下班，还没有什么实质性的工作能表现吴昊的能力。为了接待这个代表，吴昊从思想上做了准备，"无论如何要把握好这笔业务，以显示自己的能力"，"让董事长赏识自己的谈判水平"。一会儿，来了一个客人，板寸头，公文包，吴昊被他的气质所征服，"从椅子上弹了起来"，欢迎客人。但是，得知对方是某广告公司的业务员，吴昊就敷衍几句，把他推给副经理接待。可是，直到下班，国际公司代表都没有来……

下班时，他得到一个光盘，里面展示了董事长对他的评价："每个人都有一个市场，每个人都是一个市场，得罪一个人就意味着失去一个市场"，"这一点您表现得不够令人满意。您和本公司的关系到此为止"。

一个简简单单的接待，却是诸多矛盾的交集点：总裁对吴昊工作能力的考察，吴昊对获得职位的欲望；广告公司业务员对合作的期望，吴昊对广告公司业务员的敷衍；吴昊对国际公司代表的期待，国际公司代表来与不来；吴昊只重牌子不重人，而总裁要求员工善待每一个人……

作者通过"吴昊接待"这个特写镜头、这个矛盾的交集点，塑造了一个势利眼的形象，并通过吴昊事与愿违的结局告诫我们，做人要实实在在。"特写镜头法"不仅使小说结构紧凑严密，而且把"得罪一个人就意味着失去一个市场"这个主题，表现得更加深刻、充分。

朋友圈

唐雨轩和胡楠楠是一对铁哥们。两人都有共同的爱好——刷朋友圈。

毕竟是微信时代，朋友圈的内容五花八门，应有尽有，他俩不管处于什么样的心情，都能从中找到自己的兴奋点。

另外，唐雨轩在一家公司任部门主管，这份工作是胡楠楠介绍的。胡楠楠也在同一家公司的另一个部门任主管。

唐雨轩的工作颇为出色，经常受到老板的夸奖，时间久了，胡楠楠就有些不舒服。一天，胡楠楠找到唐雨轩说，工作得过且过，不要太认真，要考虑别人的感受……

胡楠楠的一番话并没有影响唐雨轩的工作情绪，相反却更加敬业了。

胡楠楠不再找唐雨轩理论，心里不禁滋生了对唐雨轩的

"恨铁不成钢"。于是，胡楠楠就想旁敲侧击一下唐雨轩，在朋友圈发出了一条动态——错把平台当本事……

一天，唐雨轩在看朋友圈，这条信息就刺入他的眼帘——错把平台当本事——说的是乔家大院孙茂才，由穷酸到落魄至乞丐，后投奔乔家，为乔家的生意立下汗马功劳，享有一定地位，却因私欲被赶出乔家。后来，孙茂才又想投奔对手钱家，钱家却对孙茂才说了一句话：不是你成就了乔家的生意，而是乔家的生意成就了你！最终孙茂才再次陷入落魄——没有别人提供的平台，哪有你的今天。不要总想着你的付出而无视了别人给你的舞台。

唐雨轩看罢微信，心里不禁起了波动，凭他的直觉，胡楠楠的这条动态是有所指的，并且是指向他唐雨轩的。其观点唐雨轩不以为然——胡楠楠虽然给他介绍了工作，然而他在工作上并没有拖后腿，他认为在这个平台上，努力工作就是对介绍人最大的报答。唐雨轩还认为，既然胜任工作并敬业做事，不存在欠谁的人情，他知道自己不是吃空饷的人。吃空饷的那种人才欠介绍人的人情呢。他恨那种人，那种人无异于寄生虫。只有大集体时代才养活这种闲人。他坚信，这个平台不属于胡楠楠私有，他更清楚自己与孙茂才有本质上的区别，孙茂才因私欲被赶出乔家，而唐雨轩没有。

唐雨轩想到此，触动手机屏，将一条动态发到朋友圈：一辈子与人相处，记住三句话——记人好处，帮人难处，看人长处……

唐雨轩发出这条动态后，心里有些释然，他明确地告诉对方，自己不是那种忘恩负义的人，同时也在告诫对方，不要盯着别人的短处。他这样想着，情不自禁地又去拨拉一下朋友圈，想看看有没有更新的内容。

　　这时的胡楠楠也在刷朋友圈，当他看到唐雨轩的这条动态时，气不打一处来，心想，朽木不可雕也。胡楠楠认为在同一层次上，就要讲究平衡，一方过重，另一方势必失重。胡楠楠为给唐雨轩介绍这份工作感到后悔。于是，胡楠楠发了一个图在朋友圈，图为一块跷跷板的两头分别站着一个人，一旦一头的人不见了，另一头的人也不复存在。这个图意在强调平衡的重要性。

　　这个信息让唐雨轩感觉胡楠楠仍在纠缠，有不依不饶之势。唐雨轩陷入非常尴尬的境界。通过认真思考，唐雨轩决定离开胡楠楠。离开的方式就是辞职。

　　一天，唐雨轩把一封辞职报告交给了老板。老板怎么也理解不了唐雨轩工作搞得那么好，为什么要辞职？老板委托劳资部门进行调查。

　　唐雨轩离开公司后，因他的敬业名声，很快就被一家上市公司聘任。唐雨轩在朋友圈发了几句话：道不同不相为谋。离职，两清。

　　通过调查，唐雨轩原工作单位得出结论：单位用人应该通过统一招考，杜绝个人介绍，不让员工背着人情债工作……

后来，胡楠楠也离开了那家公司，是辞职还是被辞退？
不得而知……

朋友圈，圈住了谁

——评小说《朋友圈》

韩海涛

韩海涛，江苏省作家协会会员，中国自然资源作家协会会员，鲁迅文学院国土资源文学培训班学员，江苏省文学院第2期（江苏作协30期）作家研讨班学员。

如今的微信朋友圈已经成为重要的交流平台，它的功能延伸到工作、学习、事业等诸多方面。而在颜士富的《朋友圈》里，这个平台却成为唐雨轩和胡楠楠这对铁哥们思想交锋的战场，看似两个人的生活琐事，呈现的却是当下职场两种迥然不同的人生态度。平静的叙事中含有尖锐的情感冲突，也流露出作者的情感趋向，在极有限的篇幅里写出了深意，表现了作者较强的操控能力，也展现了微小说的独特魅力。朋友圈里有形形色色的"朋友"，朋友圈里每天都在上演我们大家的精彩故事。

中国人的圈子文化，朋友圈算其中一种吧。朋友是宽泛概念，不管新朋旧友损友益友，只要有一丝半缕联系都能圈在一块。至于能否和谐共生，还得看有无利害冲突。《朋友圈》讲了一个发生在朋友圈的故事，让人读后五味杂陈。

主人公原本是一对铁哥们。唐雨轩经胡楠楠介绍，两人在同一家单位任业务主管。唐雨轩积极进取工作突出，备受领导赏识。一方受宠意味着另一方失宠？也许吧。因之，维系朋友关系的基本条件——心理平衡被打破。胡楠楠心生不满。两人遂在朋友圈里旁敲侧击互怼。结果"道不同，不相为谋"，唐雨轩愤而辞职。他们共处其中的"朋友圈"不复存在——各自将对方圈出圈外了。

说到这里，不妨审视一下朋友圈怎样影响我们的生活。它在传递海量信息、瞬间打破时空界限、让人们精神生活更加丰富精彩的同时，也像酱缸一样积淀着人性的弱点。有人过分依赖朋友圈刷存在感自豪感，实则暴露自己的虚无感。有人通过朋友圈释放不良信号，隔空喊话发泄情绪，无端猜度他人意图，而忽略了长久以来人们面对面交流的正常沟通渠道。还有人由圈里移到圈外，搞见不得阳光的地下工作。更有甚者在朋友圈不限量炮制"心灵鸡汤"，兜售庸俗人生哲学，不易察觉地对圈内人尤其年轻人的意识形态形成长期误导……

小说是社会生活的万花筒。作为小说家的颜士富试图借人们普遍使用的朋友圈反映新时期复杂多变的世俗心态和社会群体生态。他的作品楔入生活的视角独特，且角度精准、力度深刻、向度深广，尤其在典型人物塑造上，显示其把握、提炼、思考和再造生活的高超文学禀赋。

唐雨轩是一个积极进取、特立独行的人。他工作出色、我行我素，不因胡楠楠对自己表示不满，就敛锋芒随大流庸碌度日，而是力求做得更好。这是值得肯定的。但小说并没有扁平化塑造这个人物，而是忠实反映唐雨轩敬业而不乐群的一面，使其形象多元统一，血肉丰满。

作为受恩者，尽管懂得不能对胡楠楠忘恩负义，但唐雨轩还是敏感于朋友圈里莫须有的影射之言，仅凭感觉就以牙还牙以眼还眼进行还击，导致水是水，盐是盐，铁哥们终成陌路。由此看出唐雨轩对人对事比较偏狭、冲动，心胸不够开阔。倘若他看到胡楠楠发在朋友圈里那些话，能够宽容大度地莞尔一笑置之不理，或者当面同朋友诚恳交流，以自己的进取之心规劝好友认清形势奋发图强，共同发展进步，则势必干戈不起，友谊事业两旺。遗憾他没有这么做，而是因小失大，偏颇地以"道不同"为由，同昔日好友彻底决裂。有道者恕人，薄情者怨人，以冷漠求疵之心报答朋友，不仅显失风度，更喻示其事业发展难以久远。

唐雨轩的另一个致命弱点是缺乏恒定目标，容易因外界干扰轻易改变人生轨道。他想当然地根据臆断将别人的故事对号入座，扰乱自性，竟至愤然解职，无疑是自毁前程，值得吗？尽管他因之前的口碑很快被另一家上市公司聘用，印证了"是金子总会发光"的真理，但毕竟不是在明确人生目标指引下的自觉行动，带有极大的盲目性和不确定性。源自对他人不满，而非因自身事业发展需要而擅变初心，显非明智之举。假如唐雨轩咬定青山，锲而不舍借助现有平台发挥聪明才智，以其优秀，必能取得辉煌业绩，实现更大人生目标和社会价值。成熟之人懂得矛盾时时有处处有，唯有具备宏图远志海样心胸，才能顺风顺水左右逢源成就大业。可以预见，在新的工作岗位还会碰到嫉妒排挤自己的恶毒小人，难道还要因此改弦易辙？倘如此，他再敬业也终将陷入平庸无为的沼泽地。

胡楠楠是小说着力鞭挞的，这个人物形象后文会提到，此处不做具体分析。

小说依照生活真实艺术真实塑造人物，并把他放到纷繁复杂的社会舞台上去表演，目的是通过人们对虚构真实的领悟去改变生活。

现实中，唐雨轩和胡楠楠代表两类不同群体。一类人如胡楠楠，占据重要岗位却缺乏激情，得过且过却看不得别人比自己强，挖空心思琢磨人，千方百计扯平成绩，以维持所谓的天平两端平衡："一块跷跷板的两头分别站着一个人，一旦一头的人不见了，另一头的人也不复存在。这个图意在强调平衡的重要性。"胡楠楠后也离开原单位，不管是主动跳槽，还是因工作平庸被淘汰出局（据其表现这种可能性占绝对优势），这个人物形象都是不光彩的。这种人、这种职场心态是制约社会发展的一股浊流。

而另一类人，如唐雨轩，能力强，身上携带大量优秀因子，但他没有正确的一以贯之的做人处事原则，没有人生规划，没有坚定不移的理想信念和使命担当。这类人原本可做栋梁，不幸只能做插门闩、剔火棍，实乃社会人才资源的浪费。

社会大舞台，单位小系统。身处其间的各种人也像朋友圈一样多元共存，只有五味调和、和谐共处、目标一致、众志成城才能使利益和效益最大化，从而创造辉煌业绩。再往大里说，国家建设又何尝不是如此？

眼下兴起红色旅游。踏着先烈足迹回望来路，想前辈们为了革命理想，团结一心共同度过激情燃烧的岁月，以"不管风吹浪打，胜似闲庭信步"的从容坚定争取民族解放和祖国振兴，这种精神能否成为医治少数人心理顽疾的一剂良药？

评论家谢有顺说"高考作文关系民族精神"。颜士富的小说《朋友圈》暗合2019年的江苏高考题旨（无疑就是一篇高分作文），显示其洞察社会的敏锐目光和强烈的问题意识、忧患意识。小说还涉及用人制度，意在指出，当前社会出现的许多问题，其根源在制度有待完善。

难以分类的垃圾

实行了垃圾分类，小区的垃圾站被拆除了。每家门前都有分类垃圾桶。管垃圾的刘阿姨忙了起来，她要监督小区的垃圾分类，谁家的垃圾没放好，直接找到该业主。

小区东南角有户人家，男主人身材矮胖，感觉有些不修边幅，每天提着小包，骑辆旧自行车，一年四季都是不慌不忙的样子，每次见着刘阿姨微微一笑，算作打招呼了。

有一天，刘阿姨正在他家门前清理垃圾，一位小伙子开着一辆小车停在了他家门前，按了几下门铃屋里没有人应，就问刘阿姨："请问，看到张局长回家吗？"这一问，刘阿姨就知道了：原来每天骑自行车上下班的这位是张局长，在刘阿姨的心目中还是个大官呢。刘阿姨的心里不禁涌起一阵感慨，如今这样的官少了！

又一天，刘阿姨在小区的门口，正遇上张局长推着自行车，就情不自禁地说了声："张局长好！"

"好！好！好！"张局长一副慈态可掬的样子。

刘阿姨又一阵感动，多么平易近人啊！因为张局长的平易近人，这天刘阿姨的心情格外好，在清收张局长家门前的垃圾时，不由得多加了小心。突然，她发现一个沉甸甸的塑料袋。打开一看，一沓厚厚的小花纸，像冥币。刘阿姨抬手就要扔回垃圾桶，一旁捡破烂的老头说："给我当废纸卖吧。"刘阿姨就要扔垃圾桶的手又拐了个弯，扔到了老头手里。那老头拿过去看了看，说这个不像冥币，他见过的冥币没有印这么好的，他不敢收，遂又还给了刘阿姨。刘阿姨拿在手里翻来覆去看了看，感觉还是和冥币差不多，但又拿不准，决定等张局长下班后，送还他家看看！

晚上八九点钟，琢磨着该下班了，刘阿姨按下了张局长家的门铃。果然是张局长开的门，可能是喝了酒，张局长显得有点醉眼蒙眬的，说话也不甚清爽："嗨，嗨，有事吗？"

刘阿姨忙把塑料袋递上去，说："是你家垃圾桶里的，他们说是冥币，我觉得……"

还没等刘阿姨说完，张局长忙打断她："拿走拿走，我们家怎么会有这个呢？"

不等刘阿姨解释，门"砰"的一声被关上了。刘阿姨有些心灰意冷，张局长怎么和平时判若两人呢？这明明白白就是你家的。刘阿姨想不通。

刘阿姨走后，张局长在家翻箱倒柜，怎么也没找到他要找的东西，问家人都说不知道，在一旁的保姆却说："是不是那袋冥币，我想着放家里不吉利，扔垃圾桶里了。"

张局长一听，突然醒悟过来，大喊："快，快去找看垃圾的。"声音几乎都变了。

刘阿姨回到家还没坐稳，就听到"咚咚"的敲门声，打开一看，是张局长，另一个显然是他夫人，手里还提着一袋水果。

张局长酒也醒了，又换回了一副憨态，刘阿姨心里多了些疑惑：这人到底怎么了？

"不好意思，今天我喝得有点多了。"张局长说着用手比画着，"你刚才捡到的那个东西呢，确实是我家丢的……"

刘阿姨一听，更犯糊涂了，送上门，你不承认，这回又来讨要："你说不是你家丢的，刚才回来的路上，我就把那东西交到派出所了……"

张局长一听，脸又变了，似有汗珠滚落，他用手抹了一下，说："我随便问问，啊，那东西不一定是我家的！"说着慌忙走出了刘阿姨家。

刘阿姨心里更疑惑了："刚才派出所的民警说那些是美元，到底是不是你家的呢？"张局长已走远了，似乎没有听见。

这人，到底怎么了？就像难以分类的垃圾一样，让人搞不懂。刘阿姨心里的疑惑更大了。

明修栈道　暗度陈仓
——评小说《难以分类的垃圾》

相裕亭

相裕亭，中国作协会员。著有长篇盐河系列小说三部。其中，《盐河人家》获"五个一工程"奖；《看座》获"中骏杯"《小说选刊》双年奖（2016—2017）、第16届（2017年度）全国微小说一等奖、入围"首届汪曾祺华语小说"奖；《风吹乡间路》获"花果山"文学奖；《忙年》获"冰心图书"奖；连续六届获全国小小说优秀作品奖。《偷盐》入选2005年中国小说排行榜。结集出版了《盐河旧事》（人民文学出版社）等二十余部作品集。

《难以分类的垃圾》以成熟的叙述技巧，灵动的语言节奏，扎实的文字功底，精致的微型小说框架，为读者营建出一场近乎"黑色幽默"的人间轻喜剧。

小说的"切口"，恰如中国传统的手工艺——剪纸。一刀剪下去，看似是奔着一个切口剪下去的，可展开来却是两道或多道花纹。

此篇《难以分类的垃圾》的"明线"是写垃圾分类。而"暗线"则是把生活中的各色人等悄然剥离出去。

小说开篇时的主人公，是清洁工刘阿姨。她一出场，自然是以清理垃圾为己任。

接下来，文章切入主题后，作者从前面刘阿姨相识的住户中，"拎"出一位其貌不扬的"大人物"，就此引出了这篇小说的二号人物——局长。

那位穿着朴实无华、平易近人的局长一出场，小说的看点，瞬间发生了逆转。如同前面说到的"剪纸"工艺一样，小说中的第二道"花纹"，即小说中的"暗线"，悄然跃入纸上。

此时，局长的一举一动，好像都在摄影师手中的镜头下监控着。也就是说，作者行文至此，已将后面的"戏"，全部"聚焦"到局长身上了。尽管此时刘阿姨还在不断地给局长"设置"矛盾，但整个"剧"情，都是围绕局长展开的。而跟在刘阿姨身后去解"扣"的局长，就像是戏剧舞台上的"花脸小丑"一样，让他在丢外币、找外币、拒外币的各个环节中，以各种不同的面孔，来扮演一个"变色龙"角色，将小说一步一步推向高潮后，又毫不留情面地将局长往地上一"摔"——将其送进"局子"。

图书在版编目（ＣＩＰ）数据

1938年的鱼 ／ 颜士富著． —— 上海 ：上海文艺出版
社，2020（2022.4重印）
（中国好小说系列）
ISBN 978－7－5321－7534－5

Ⅰ．①1… Ⅱ．①颜… Ⅲ．①小小说－小说集－中国
－当代 Ⅳ．①I247.82

中国版本图书馆CIP数据核字(2020)第026581号

责任编辑：蔡美凤
装帧设计：周艳梅
封面绘画：张洪建
责任督印：张　凯

书　　名：1938年的鱼
著　　者：颜士富

出　　版：上海文艺出版社
出　　品：上海故事会文化传媒有限公司
　　　　　（201101 上海市闵行区号景路159弄A座3楼 www.storychina.cn）
发　　行：北京中版国际教育技术装备有限公司
印　　刷：天津旭丰源印刷有限公司
开　　本：889×1194　1/32　印张8.5
版　　次：2020年7月第1版
印　　次：2022年4月第3次印刷
书　　号：ISBN 978－7－5321－7534－5/I·5996
定　　价：48.00元

上海故事会文化传媒有限公司 出品(00966)

想看更多精彩故事？
扫码下载故事会APP